書下ろし

高《たか》楊《よう》枝《じ》

素浪人稼業⑭

藤井邦夫

祥伝社文庫

目次

「高楊枝 素浪人稼業」の舞台

浅草・浜町堀界隈
仁王門町
料理屋「笹乃井」
鰻屋「駒形鰻」
日本橋室町
小間物屋「香美堂」
寛永寺
浅草寺
不忍池
浅草広小路
駒形堂
下谷広小路
元黒門町
練塀小路
元鳥越町
御成街道
神田仲町
神田相生町
甚内橋
筋違御門
昌平橋
神田川
浅草御門
和泉橋
新シ橋
柳原通り
柳橋
神田八ッ小路
両国広小路
両国橋
中ノ橋
神田鍋町
浜町堀
金杉川
江戸橋
日本橋
白金台町
目黒不動
滝泉寺

第一話　高楊枝《たかようじ》

一

古い地蔵尊《じぞうそん》は、朝陽《あさひ》を浴びて頭を輝かせていた。
お地蔵長屋は、亭主たちが慌《あわ》ただしく仕事に出掛け、束《つか》の間《ま》の静けさが戻った。
素浪人《すろうにん》矢吹平八郎《やぶきへいはちろう》は、建て付けの悪い腰高障子《こしだかしょうじ》を開けて家を出た。
古い地蔵尊は、長屋の木戸の傍《そば》で頭を光り輝かせていた。
平八郎は、古い地蔵尊に手を合わせ、その光り輝く頭を一撫《ひとな》でして駆《か》け出した。
神田明神下《かんだみょうじんした》の口入屋《くちいれ》『萬屋《よろずや》』には、日雇い仕事を求める人たちが列を作っていた。
間に合った……。
平八郎は、列の最後に並んで己《おのれ》の番が来るのを待った。
四半刻《しはんどき》が過ぎ、漸《ようや》く平八郎の順番が来た。

平八郎は、帳場にいる主《あるじ》の万吉《まんきち》の前に進み出た。

「やあ。割りの良い仕事を頼む」

平八郎は、万吉に笑い掛けた。

「じゃあ、ちょいとこちらで待っていて下さい」

万吉は、狸面《たぬきづら》で平八郎を一瞥《いちべつ》して帳場の横の框《かまち》を示した。

どうやら割りの良い仕事があるようだ……。

「うん……」

平八郎は、弾《はず》んだ声で返事をして框に腰掛けた。

「はい。次の人……」

万吉は、後の人たちに日雇い仕事を割り振っていった。

出涸《でが》らし茶は温《ぬる》かった。

平八郎は、出された出涸し茶を飲みながら万吉の言葉を待った。

「給金は一日一朱、やりますか……」

万吉は、平八郎の弱味を突いていきなり給金の話をしてきた。

狸親父め、侮《あなど》りおって……。

平八郎は、腹立たしさを覚えた。だが、懐《ふところ》の寂《さび》しい今、背に腹はかえられない。

平八郎は、素早く笑顔を作って腹立たしさを隠した。

「そいつは良いな。仕事は何だ」

「そりゃあ一日一朱ですから、それなりに危ない事もあるでしょうが、何もなければ、こんな割りの良い仕事はありませんよ」

万吉は、事も無げに云《い》った。

「用心棒か……」

平八郎は、単刀直入に訊《き》いた。

「人捜《ひとさが》しですよ」

「何だ。人捜しか……」

平八郎は、思わず苦笑した。

人捜しは、今迄《いままで》に何度もしている。

「ええ。日本橋《にほんばし》は室町《むろまち》三丁目にある香美堂《こうびどう》って小間物屋の旦那《だんな》の義兵衛《ぎへえ》さんが雇い主です」

「香美堂って小間物屋の義兵衛か……」

「ええ……」

「で、誰を捜すのかな」

「仔細《しさい》は旦那の義兵衛さんに訊いて下さい」

万吉は、話は終わったとばかりに帳簿を付け始めた。

「そうか……」

人捜しがどのようなものか分からぬが、一日一朱の給金はとにかく魅力的だ。

「よし。ま、行ってみるか……」

平八郎は、冷え切った出涸し茶を飲み干して口入屋『萬屋』を出た。


日本橋の通りは賑《にぎ》わっていた。

平八郎は、軒《のき》を連ねる店の看板を見ながら日本橋に向かった。

小間物屋『香美堂』はあった。

「此処《ここ》か……」

平八郎は、店の中を覗《のぞ》いた。

小間物屋『香美堂』は、女客で賑わっていた。

中々繁盛《はんじょう》している……。

平八郎は、女客で賑わう店の中に入った。

白粉《おしろい》の匂いが鼻を突いた。

平八郎は、紅白粉や簪《かんざし》などを選んでいる女客と、相手をしている手代たちの間を抜け、帳場にいる番頭に近付いた。

「やあ。明神下の萬屋から来た者だが、旦那の義兵衛さんはいるかな」

「これはこれは。お待ち兼《か》ねにございますよ。どうぞ、お上がり下さい」

番頭は、平八郎を店の座敷に招《まね》いた。


出された茶は熱く、美味《うま》かった。

萬屋の茶とは大違いだ……。

平八郎は、茶の美味さを味わいながら飲んでいた。

「お待たせ致しました」

実直そうな初老の男がやって来た。

「香美堂義兵衛にございます」

実直そうな初老の男は、小間物屋『香美堂』の主の義兵衛だった。

「私は口入屋萬屋から来た矢吹平八郎です」

「矢吹平八郎さま、神道無念流《しんとうむねん》は撃剣館《げきけんかん》の高弟だと御伺《おうかが》いしておりますが……」

義兵衛は、平八郎に穏やかな笑顔を向けた。

「えっ。まあ、そうですが……」

平八郎は、義兵衛が己の剣の流派を知っているのに戸惑《とまど》った。

口入屋『萬屋』の万吉は、最初から俺を当てにして義兵衛の依頼を引き受けたのだ。

「あの狸親父……」

平八郎は呟《つぶや》いた。

「えっ。何か……」

義兵衛は眉《まゆ》をひそめた。

「いえ。何でもありません。して、人捜しだと聞きましたが、どのような」

平八郎は、話題を仕事の話に変えた。

「はい。実は私が若い頃、お世話になった方を捜して欲しいのです」

「若い頃、お世話になった方ですか……」

「はい。私は若い頃、小間物の行商人をしていましてね。そいつが中々上手《うま》くいかず、そりゃあもう貧乏でした。その時、いろいろお世話をして下さいました方がおりまして……」

「その方を捜すのですか……」

「いえ。その方は十五年前にお亡くなりになりまして、捜して戴《いただ》きたいのは、その方のお内儀《ないぎ》さまにございます」

「お内儀……」

平八郎は眉をひそめた。

「はい……」

義兵衛は頷《うなず》いた。

その昔、義兵衛が小間物の行商をしていた頃、下谷《したや》の小間物問屋『紅屋《べにや》』の主の吉右衛門《きちえもん》に何かと世話になった。だが、十五年前に吉右衛門が急死して小間物問屋『紅屋』は潰《つぶ》れた。そして、残された女房のおとせと幼《おさな》い子供は行方《ゆくえ》知れずになった。

小間物屋『香美堂』義兵衛は、その行方知れずになった女房のおとせ捜しを依頼して来たのだ。

「十五年前に行方知れずになった下谷の小間物問屋紅屋のお内儀のおとせさんですか……」

「はい」

「歳は幾《いく》つです」

「当時、三十歳ぐらいでしたから、今は四十五歳程《ほど》ですか……」

「四十五歳程か……。処《ところ》でどうして十五年も経《た》った今頃、おとせさんを捜すのですか……」

「それなのですが、私の古い知り合いが五日前、浅草《あさくさ》の観音《かんのん》さまの御参りに行き、喧嘩《けんか》に出逢いましてね」

「喧嘩……」

「はい。浅草広小路《ひろこうじ》で中年の浪人と博奕打《ばくちう》ちたちの喧嘩で。喧嘩は中年の浪人が勝ち、博奕打ちたちは逃げたそうですが、その時、中年の浪人と一緒にいたのが、おとせさまだったと……」

義兵衛は眉をひそめた。

「浪人と一緒にいた女、おとせさんに間違いないのですね」

「はい。古い知り合いが、思わずおとせさんと名前を呼んだそうでして……」

「どうなりました」

「振り返ったそうです」

「振り返った……」

中年の浪人と一緒にいた女は、おとせと呼ばれて振り返ったのだ。

それは、小間物問屋『紅屋』のお内儀のおとせに間違いないと思われた。

「はい。ですが、何分にも浅草広小路の賑わいです。直《す》ぐに見失ってしまったと……」

「そうですか……」

「はい。如何《いかが》ですか、捜して戴けますか……」

義兵衛は、平八郎に縋《すが》る眼を向けた。

「さあて、捜すと云っても浅草広小路で見掛けただけとなると……」

平八郎は、想いを巡《めぐ》らせた。

浅草広小路は江戸でも有数の盛《さか》り場であり、江戸中の者が遊びに訪れ、吾妻橋《あずまばし》で大川《おおかわ》を渡れば本所《ほんじょ》・深川《ふかがわ》だ。捜すにしても範囲が広すぎる。

捜すとなれば、手掛りは博奕打ちと喧嘩をした中年の浪人だ。博奕打ちは、中年の浪人の素性を知っていると思われる。博奕打ちから聞き出し、その中年の浪人を辿《たど》れば、おとせの居場所が突き止められるかもしれない。

それに幸《さいわ》いな事に、浅草には昵懇《じっこん》にしている岡っ引の駒形《こまがた》の伊佐吉《いさきち》や長次《ちょうじ》がいる。

ひょっとしたら、五日前の中年の浪人と博奕打ちたちの喧嘩も知っているかもしれない。

もし、知らないとしても、喧嘩をした博奕打ちたちが、何処《どこ》の誰かは直ぐに突き止められる筈《はず》だ。

やってみるか……。

「義兵衛さん、捜してはみますが、余り期待は出来ぬかもしれぬ。それでも良いなら……」

「その時は、仕方がありません」

「ならば、一日一朱で……」

「はい。何日掛かっても構いませんし、捜し出していただければ、給金とは別に御礼を差し上げます」

「ほう。それはありがたい。処で潰れた小間物問屋の紅屋は、下谷の何処にあったのですか……」

「はい。下谷広小路の傍の上野元黒門町《うえのもとくろもんちょう》です」

「分かりました」

「ならば、此《これ》は今日の給金の一朱です」

義兵衛は、紙に包んだ一朱金を差し出した。

「えっ。前払いをしてくれるのですか……」

「それが条件だと、萬屋の万吉さんが……」

「ありがたい。じゃあ……」

平八郎は、給金の一朱を受け取った。

「では、宜《よろ》しくお願いします」

義兵衛は、平八郎に深々と頭を下げた。


平八郎は、番頭に見送られて小間物屋『香美堂』を出た。

日本橋の通りは賑わっていた。

平八郎は、雑踏《ざっとう》の中を両国《りょうごく》広小路に向かった。


大川には様々な船が行き交《か》っていた。

浅草駒形堂《こまがたどう》は、大川と蔵前《くらまえ》の通りの間にあった。

平八郎は、日本橋室町から両国広小路に出て神田川《かんだがわ》に架《か》かる浅草御門《ごもん》を渡り、蔵前の通りを浅草に向かった。そして、浅草駒形堂の前に出た。

平八郎は、漂《ただよ》う鰻《うなぎ》の蒲焼《かばやき》の匂いに思わず鼻を鳴らした。

蒲焼の匂いは、駒形堂の傍の老舗《しにせ》鰻屋『駒形鰻』から漂っていた。

平八郎は、『駒形鰻』の暖簾《のれん》を潜《くぐ》った。

「あら、平八郎さん、いらっしゃい」

女将《おかみ》のおとよが、平八郎を迎えた。

「御無沙汰しました、女将さん。伊佐吉の親分、いますか……」

平八郎は、『駒形鰻』の若旦那で岡っ引の駒形の伊佐吉を訪ねた。

「ええ。長さんたちと部屋にいますよ。どうぞ。お上がり下さいな」

「はい。お邪魔します」

平八郎は、店の帳場にあがった。

「後で鰻重《うなじゅう》を持っていきますからね」

おとよは笑った。

「ありがたい。楽しみにしています」

平八郎は、奥にある伊佐吉の部屋に向かった。

「五日前に浅草広小路で喧嘩……」

岡っ引の駒形の伊佐吉は、眉をひそめた。

「ああ。中年の浪人と博奕打ちたちの喧嘩だが、知らないか……」

平八郎は、伊佐吉と一緒にいた長次や下っ引の亀吉《かめきち》にも尋ねた。

「亀吉、何か聞いちゃあいねえか……」

「さあ、別に……」

亀吉は首を捻《ひね》った。

「ひょっとしたら、聖天《しょうでん》一家の博奕打ちの喧嘩かな……」

長次は告げた。

「御存知《ごぞんじ》ですか、長次さん……」

平八郎は、身を乗り出した。

長次は、やはり岡っ引だった伊佐吉の父親の下っ引を長く務めた老練《ろうれん》な男だ。

「雷門《かみなりもん》前の蕎麦《そば》屋の父《と》っつあんに聞いた話ですがね。中年の浪人が、聖天一家の博奕打ち共を叩きのめしたとか……」

長次は苦笑した。

「喧嘩の原因は何なんですかね」

「さあて、そこ迄《まで》は……」

長次は首を捻った。

「そうですか。聖天一家ですね……」

「ええ……」

長次は頷いた。

聖天一家を訪れ、中年の浪人と喧嘩をした博奕打ちを捜せばいい。

平八郎は決めた。

「平八郎の旦那、聖天一家に行くなら、長さんに付き合って貰《もら》ったらどうだい」

伊佐吉は勧めた。

「うん。お願いできますか、長次さん……」

「ええ。承知しました」

長次は頷いた。

「助かります」

平八郎は、長次に頭を下げた。

鰻の蒲焼の匂いが漂って来た。

聖天一家は、金龍山浅草寺《きんりゅうざんせんそうじ》の東隣りにある聖天町《しょうでんちょう》にあった。

平八郎は、日本橋室町の小間物屋『香美堂』の主義兵衛から人捜しに雇われた事と、捜す手立てを長次に告げた。

「それで、中年の浪人と博奕打ちの喧嘩ですか……」

長次は頷いた。

「ええ。あそこですか、聖天一家……」

平八郎は、腰高障子に四角で囲んだ〝聖天〟と書かれた家を示した。

「ええ。さあて、喧嘩をした博奕打ちがいればいいんですがね」

平八郎と長次は、聖天一家の敷居を跨《また》いだ。

「邪魔をする」

平八郎は、土間の奥に声を掛けた。

「へい……」

奥から三下が出て来た。

「どちらさんで……」

三下は、平八郎と長次に探るような眼を向けた。

「私は矢吹平八郎と云う者だが、五日前に浅草広小路で中年の浪人と喧嘩をした者はいるかな」

「えっ……」

三下は戸惑った。

「どうだ。いるか……」

平八郎は、三下に返事を促《うなが》した。

「へ、へい……」

三下は頷いた。

「いるのなら、ちょいと呼んでくれ」

「えっ、ええ。あの、どんな用ですか……」

「ちょいと訊きたい事がある」

「そうですか。じゃあ、ちょいとお待ちを……」

三下は、奥に引っ込んだ。

平八郎と長次は待った。

僅《わず》かな刻が過ぎ、奥から三下が二人の博奕打ちと共に出て来た。

「あっし共に何か用ですかい」

博奕打ちは、探るように眼を鋭く細めた。

「五日前、浅草広小路で中年の浪人と喧嘩をしたな」

「ええ……」

二人の博奕打ちは頷いた。

「中年の浪人、何処の誰かな」

「夏目《なつめ》ですか……」

「中年の浪人、夏目と云うのか……」

「ええ。夏目左内《さない》って浪人ですが……」

博奕打ちは告げた。

「その浪人の夏目左内。何処に住んでいるのか知っているかな」

「さあ……」

二人の博奕打ちは、顔を見合わせて薄笑いを浮かべた。

知っている……。

博奕打ちたちは、夏目左内の住まいを知っているのに惚《とぼ》けているのだ。

平八郎は苦笑した。

「処で、その夏目左内とどうして喧嘩になったんだい」

長次は尋ねた。

「えっ……」

博奕打ちの一人は戸惑った。

「なんだい、お前さんは……」

もう一人の博奕打ちは、長次を睨《にら》み付けた。

「お上の御用を承《うけたまわ》っている者だぜ」

長次は、懐の十手を見せた。

二人の博奕打ちは、僅かに怯《ひる》んだ。

「浪人の夏目と、どうして喧嘩になったのか教えて貰おうか……」

長次は迫った。

「いいじゃあねえか。そいつはこっちの揉《も》め事だぜ」

肥《ふと》った中年男と用心棒らしい浪人が、奥から出て来た。

「お前が、貸元の聖天の重吉《じゅうきち》か……」

長次は、肥った中年男を聖天の重吉だと見定めた。

「何……」

重吉は、細い眼で長次を睨み付けた。

「こっちの博奕打ちに訊いているんだ。引っ込んでいな」

長次は、鼻の先で嗤《わら》った。

「おのれ……」

用心棒の浪人が、框の上から長次に摑《つか》み掛かった。

刹那《せつな》、平八郎が素早く間に入り、用心棒の浪人の腕を取って鋭《するど》い投げを打った。

用心棒の浪人は、壁に激しく叩き付けられて気絶し、土間に崩《くず》れ落ちた。

「て、手前《てめえ》……」

重吉は狼狽《うろた》えた。

平八郎は、振り返り態《ざま》に重吉の肉厚の頰《ほお》を張り飛ばした。

重吉は眼を瞑《つむ》り、肉厚の頰を揺らして框から転げ落ちた。

「親分……」

三下は、慌《あわ》てて無様《ぶざま》に転がった重吉に駆け寄った。

「な、何しやがる……」

二人の博奕打ちは怯《おび》えた。

平八郎は、博奕打ちの一人の胸倉を鷲摑《わしづか》みにした。

博奕打ちは、恐怖に震《ふる》えた。

「浪人の夏目左内と、どうして喧嘩になったんだ」

平八郎は見据えた。

「く、夏目の奴、賭場で壺振《つぼふ》りの如何様《いかさま》を見破り、金を脅《おど》し取ったので、いつかぶち殺してやろうと、後を尾行《つけ》ていたら……」

「気付かれ、逆に叩きのめされたか……」

平八郎は読み、苦笑した。

「へ、へい……」

博奕打ちは頷いた。

「で、浪人の夏目左内の家は何処だい」

長次は訊いた。

「本所は北割下水《きたわりげすい》の外れの、横川《よこがわ》の傍の長屋です」

「中之郷横川町《なかのごうよこがわちよう》か……」

長次は、北割下水と横川の結び付く処の町を思い浮かべた。

「へい」

「で、何て長屋だ」

「堀端《ほりばた》長屋です」

「本所は中之郷横川町の堀端長屋だな」

長次は念を押した。

「へい……」

博奕打ちは頷いた。

「よし。じゃあ……」

長次は、平八郎を促して聖天一家から出て行った。

「はい。邪魔をしたな」

平八郎は、重吉や博奕打ちたちに笑い掛けて続いた。

二

浅草から本所中之郷横川町に行くには、大川に架かっている吾妻橋を渡って北本所に入り、北割下水沿いを東に進む。

平八郎と長次は、吾妻橋を渡って北割下水に向かった。

「夏目左内、賭場で如何様博奕を見破り、金を脅し取ったか……」

「腕も度胸もありそうですね」

長次は読んだ。

「ええ。ま、如何様博奕を見破って金を脅し取ったのは、誉《ほ》められた事ではありませんが、それほど悪辣《あくらつ》な所業とも思えません。そして、聖天一家の博奕打ちとの喧嘩は、後を尾行られての事……」

「悪い奴じゃあないかもしれませんか……」

長次は、小さな笑みを浮かべた。

「ま、逢ってみなきゃあ分かりませんがね」

平八郎は苦笑し、長次と北割下水に出て東に進んだ。


堀端長屋は北割下水の外れ、中之郷横川町にあった。

平八郎は、長次と堀端長屋の木戸を潜った。

堀端長屋の井戸端では、赤ん坊を負《お》ぶったおかみさんが洗濯をしていた。

「やあ、ちょいと尋ねるが、この長屋に夏目左内さんって浪人がいますね」

平八郎は、洗濯をしていたおかみさんに尋ねた。

「え、ええ。いますけど……」

おかみさんは、微《かす》かな戸惑いを過《よぎ》らせた。

「どの家ですか……」

平八郎は、連なる長屋の家々を見廻した。

「奥から二番目の家ですけど、夏目の旦那は、出掛けましたよ」

「出掛けた……」

「ええ……」

「行き先、分かりますか……」

「さあねえ……」

おかみさんは眉をひそめた。

「じゃあ、家族は……」

「夏目の旦那、奥方さまを随分《ずいぶん》昔に病《やまい》で亡くしたそうで、独り暮らしですよ」

「独り暮らし……」

平八郎は、奥から二番目の家を眺めた。

「じゃあ、おかみさん。夏目左内さん、何をしているんですかね」

長次は、おかみさんに小粒を握らせた。

「えっ……」

おかみさんは、戸惑いながらも濡《ぬ》れた手で小粒を握り締めた。

「夏目の旦那の仕事ですか……」

「ああ、仕事、何かしているのかな」

「根付《ねつけ》を彫っていますよ」

「根付……」

根付とは、巾着《きんちゃく》、煙草入《たばこいれ》、印籠《いんろう》などを帯に挟《はさ》んで提げる時、抜け落ちないように紐《ひも》の端に付ける留め具だ。

「ええ。中々腕の良い根付師だそうですよ」

「へえ、根付師ですかい……」

「長次さん……」

「どうやら、暮らし向きには困っちゃあいないようですね」

長次は睨んだ。

「ええ。処でおかみさん、夏目さん、どんな人なんですか……」

「良い人ですよ。暇な時には、近所の子供に読み書きを教えたりしていましてね。お侍《さむらい》なのに威張《いば》りもしないし、長屋の厠《かわや》やどぶの掃除《そうじ》もみんなと一緒にやって……」

「平八郎さん……」

長次は苦笑した。

「今の処は、真っ当な暮らしをしている真っ当な浪人ですか……」

「ええ。で、どうします」

「芸のない話ですが、帰ってくるのを待つしかありませんね」

「分かりました。じゃあ、あっしは上野元黒門町に行って、十五年前に潰れた小間物問屋の紅屋をちょいと調べてみますよ」

「ありがたい。お願いします」

「じゃあ、夜、花《はな》やで……」

『花や』は、神田明神門前の盛り場にある居酒屋であり、平八郎の馴染《なじみ》の店だった。

「心得ました」

平八郎は頷いた。

長次は、軽い足取りで堀端長屋から出て行った。

「いろいろ助かった。造作《ぞうさ》を掛けたな」

平八郎は、おかみさんに礼を云って堀端長屋を出た。そして、堀端長屋の木戸が見える処で見張りを始めた。

下谷広小路は、東叡山寛永寺《とうえいざんかんえいじ》や不忍池《しのばずのいけ》に来た人たちで賑わっていた。

長次は、下谷広小路の雑踏を抜けて上野元黒門町に向かった。そして、上野元黒門町の自身番を訪ねた。

「十五年前に潰れた小間物問屋の紅屋……」

自身番の店番は眉をひそめた。

「ええ。御存知ですか……」

「いいえ。私は十年前に店番になってね。それ以前の事は……」

「御存知ありませんかい……」

「ええ……」

店番は、申し訳なさそうに頷いた。

「長さん、紅屋がどうかしたのかい……」

老番人の市造《いちぞう》は、長次が伊佐吉の父親の下っ引をしていた頃からの昔馴染だった。

「そうか。市造さんなら覚えているか……」

「ああ。此処の番人になってかれこれ二十年以上だからね」

老番人の市造は、皺《しわ》だらけの顔で笑った。

「そうでしたね」

「で、紅屋の何が知りたいんだい」

「はい。小間物問屋の紅屋、十五年前に旦那が急死して潰れたそうですが、旦那はどうして急死したんですかい……」

「病だよ」

「病……」

「ああ。紅屋の吉右衛門旦那は急な病で死んだんだよ」

「急な病ねえ」

長次は眉をひそめた。

「ああ。余りにも急に死んだので、吉右衛門旦那は毒でも盛られたんじゃあないかって噂《うわさ》が流れたぐらいだったぜ」

「毒……」

長次は驚いた。

「それで、月番だった南の御番所が調べたんだが、毒を盛られたって証拠もなく、只の噂って事になって一件落着だ」

「一件落着ねえ……」

「ああ。それで吉右衛門旦那が亡くなった後、紅屋には殆《ほとん》ど金がなかったのが分かってねえ」

「紅屋は潰れましたか……」

「うん。お内儀さん、おとせさんって云ったかな。小さな子供を連れて出て行って。気の毒だったよ」

市造は、お内儀のおとせに同情した。

「それで市造さん。お内儀のおとせさんですが、子供を連れて何処に行ったんですか……」

「さあ、そこ迄はな……」

市造は首を捻った。

「じゃあ、紅屋に出入りしていた義兵衛って小間物の行商人、知っていますか……」

「長さん、何しろ十五年も昔の話だぜ」

市造は覚えていなかった。

「そりゃあ、そうですねえ……」

長次は、己の性急さに思わず苦笑した。


横川の流れは夕陽に染まった。

平八郎は、堀端長屋を見張り続けた。

堀端長屋には、仕事を終えた亭主が帰って来始めた。だが、夏目左内らしき中年の浪人は帰って来なかった。

平八郎は待った。


神田明神門前の盛り場は、夜になって酔客で賑わった。

居酒屋『花や』では、職人やお店者《たなもの》の馴染客が楽しげに酒を飲んでいた。

「邪魔するよ」

長次が訪れた。

「いらっしゃい。暫《しばら》くですね」

女将のおりんは、長次を迎えた。

「やあ、おりんさん。平八郎さんは……」

「未《ま》だ来ちゃあいませんよ」

「そうですかい……」

長次は、店の隅に座って酒を頼んだ。

居酒屋『花や』は、女将のおりんと父親で板前の貞吉《さだきち》が営《いとな》んでおり、平八郎が長年にわたって贔屓《ひいき》にしている店だ。

「おまちどおさま……」

おりんが、酒と肴《さかな》を持って来た。

「さあ、どうぞ」

おりんは、徳利《とっくり》を取って長次に勧めた。

「こいつはどうも……」

長次は、猪口《ちょこ》を手にしておりんの酌《しゃく》を受けた。

「遅いですねえ。平八郎さん……」

「ええ……」

長次は頷いた。

夏目左内は堀端長屋に帰らず、平八郎は未だ見張っているのかもしれない。

長次は酒を飲んだ。

「おう。御免《ごめん》よ」

新しい客が入って来た。

「いらっしゃいませ」

おりんが迎えに行った。

新しい客は、平八郎ではなかった。

長次は、手酌で酒を飲みながら平八郎の来るのを待った。

四半刻が過ぎた。

「邪魔をする」

平八郎が入って来た。

「いらっしゃい。お待ち兼ねですよ」

おりんが迎え、長次を示した。

「うん。酒を頼む」

平八郎は、おりんに告げて長次の許《もと》にやって来た。

「お待たせしました」

「いいえ。お先にやっていますよ。ま、一杯」

長次は、徳利を差し出した。

「はい……」

平八郎は、長次に酌をして貰った酒を飲んだ。

「ああ、美味い……」

平八郎は笑った。

「で、夏目左内さんは……」

「帰って来ませんでした」

「そうですか……」

「明日、朝一番に行ってみますよ」

「そうですね」

「して、長次さん。小間物問屋の紅屋、何か分かりましたか……」

「ええ。紅屋の旦那の吉右衛門さん、急な病で亡くなったそうですが、当時は毒を盛られたって噂が流れたそうですよ」

「毒……」

平八郎は眉をひそめた。

「余りにも急に死んだものでね。それで月番の南の御番所が調べたそうですが、吉右衛門旦那が毒を盛られた証拠はなかったとか……」

「噂ですか……」

「ええ。ま、その一件の口書なんかがあれば、当時の紅屋が良く分かるかもしれないので、南の御番所に行って高村《たかむら》の旦那に探して貰えるよう、頼んで来ましたよ」

長次は、上野元黒門町の自身番から南町奉行所に赴《おもむ》き、定町廻り同心の高村源吾《げんご》に逢って頼んだのだ。

「そいつはありがたい……」

平八郎は喜んだ。

「それにしても平八郎さん、夏目左内さんは根付だけで食っているんですかね」

長次は眉をひそめた。

「他にも、何か仕事をしているかもしれませんか……」

「ええ。そんな気がしましてね。ですが、夏目左内さんは、紅屋のお内儀のおとせさんを見付ける手掛り、何をしているか拘《こだわ》る事もありませんがね」

長次は苦笑し、酒を飲んだ。

「ま、明日、夏目左内さんを訪ねて、おとせさんの居場所を訊いてみますよ」

平八郎は、長次に酌をして手酌で酒を飲んだ。

居酒屋『花や』は、客たちの楽しげな笑い声で溢《あふ》れた。

翌朝、平八郎は本所中之郷横川町の堀端長屋に向かった。

堀端長屋は、おかみさんたちの洗濯も終わって静けさが漂っていた。

平八郎は、堀端長屋の木戸を潜って奥から二番目の家の腰高障子を叩いた。

「おう。開いているぞ」

家の中から男の声がした。

「ならば御免……」

平八郎は、腰高障子を開けて狭い土間に入った。

狭い土間の向こうの部屋では、前掛をした中年の浪人が作業台に向かって根付を彫っていた。

「何方《どなた》かな……」

中年の浪人は、根付を彫りながら尋ねた。

「私は浪人の矢吹平八郎と申します。夏目左内どのですね」

「左様……」

中年の浪人夏目左内は、穏やかな顔を平八郎に向けた。

「矢吹平八郎どのか……」

「はい……」

平八郎は頷いた。

「何か御用ですかな」

「過日、夏目どのは、浅草広小路で博奕打ちを叩きのめしたと聞きましたが……」

「うむ。お恥ずかしい話だが、それが如何致したかな」

夏目は、恥ずかしそうな笑みを浮かべ、聖天一家の博奕打ちと喧嘩をしたのを認めた。

「その時、歳の頃は四十半ばのお内儀と御一緒だったと聞きましたが、まことですか……」

「四十半ばのお内儀……」

夏目は、手にしていた彫刻刀を握《にぎ》り締めた。

「はい……」

平八郎は頷いた。

「さあて、あの時は出来た根付を袋物屋に届けた帰りで、確か一人だったと思うが。矢吹どの、その四十半ばのお内儀に何か御用なのかな」

「はい。捜している人がおりましてね。それで……」

「ならば、そのお内儀が何処の誰か御存知なのかな……」

「はい。十五年前迄、上野元黒門町にあった小間物問屋紅屋のお内儀のおとせさんです」

「ほう。小間物問屋紅屋のお内儀のおとせさんか……」

「はい。御存知ですか……」

「いや。私も時々、小間物屋に根付を卸しているので、心当たりを思い浮かべてみたのだが……」

「思い出しませんか……」

「うむ。それで矢吹どの、そのお内儀のおとせさんに何の用なのです」

「いえ。私は捜すのを頼まれただけでしてね。捜しているのは、日本橋は室町の小間物屋香美堂の旦那の義兵衛さんです」

平八郎は、夏目を見据えて告げた。

「香美堂の旦那の義兵衛……」

夏目は眉をひそめた。

「はい。その義兵衛さんが、捜していましてね。如何ですか、御一緒じゃありませんでしたか……」

平八郎は尋ねた。

「さあ、何かの間違いでしょう。私はあの時、確か一人だった筈です」

「ならば……」

「確かに聖天一家の博奕打ち共を叩きのめしましたが、四十半ばのお内儀と一緒ではありませんよ。何かのお間違えでしょう」

夏目左内は、四十半ばのお内儀と一緒ではなかったと云った。

「そうですか。いや、お仕事中、御造作をお掛け致しました。それにしても見事な根付ですね」

平八郎は、飾ってある十二支の象牙の根付の出来栄えを誉めた。

「うむ。お陰さまで評判も良く、何とか食べていますよ」

夏目は苦笑した。

「それは、何よりですね。では、御免……」

平八郎は、夏目に一礼して家を出た。

「いや。茶も出さず、御無礼した」

夏目は、平八郎を見送った。

平八郎は、腰高障子を後ろ手に閉めた。

夏目の眼から穏やかさが消え、微かな殺気が過った。


平八郎は振り返った。

夏目の家は、静寂に覆《おお》われていた。

不意に感じた殺気は一瞬だった。だが、一瞬でも殺気は確かにあったのだ。そして、それは夏目左内の放った殺気なのだ。

夏目左内は、潰れた小間物問屋『紅屋』のお内儀おとせを知っており、博奕打ちを叩きのめした時には一緒にいた。

夏目左内の放った殺気は、お内儀おとせの為に放ったものなのだ。

何故だ……。

平八郎は、井戸端を抜けて木戸に向かった。

三

夏目左内は動く……。

平八郎の勘は囁《ささや》いた。

潰れた小間物問屋『紅屋』のお内儀おとせの処に行く……。

平八郎は、堀端長屋の木戸が見える処に潜《ひそ》み、見張り始めた。

半刻が過ぎた。

「平八郎さん……」

長次がやって来た。

「やあ……」

「夏目左内、どうやら紅屋のお内儀さんと一緒だったようですね」

長次は、平八郎が夏目左内を見張っているのを見て睨んだ。

「ええ。本人は、一緒ではない、お内儀のおとせなど知らぬと云っていますがね」

平八郎は苦笑した。

「ですが、知っていますか……」

「はい。おそらく小間物屋香美堂の旦那の義兵衛も……」

「知っていますか……」

「間違いありません。して、高村さんの方はどうでした」

「吉右衛門旦那が毒を盛られたって証拠がなかったってんで、口書も何も残されちゃあいないそうです」

「そうですか……」

「はい。ですが高村の旦那、主が急死したからと云って店が直ぐに潰れたってのも、妙な話だと仰《おっしゃ》いましてね。小間物問屋の紅屋が潰れた頃を知っている者を捜してみると……」

「そいつはありがたい……」

平八郎は喜んだ。

「平八郎さん……」

長次は、堀端長屋の木戸を示した。

着流しの夏目左内が、風呂敷包《ふろしきづつ》みを持って現れた。そして、鋭い眼差《まなざ》しで辺りを見廻した。

平八郎と長次は、物陰に隠れた。

夏目は、辺りに不審な事はないと見定めて横川に向かった。

漸く動く……。

「追います」

平八郎は、長次に告げた。

「じゃあ、平八郎さんは面が割れていますんで、あっしが先に……」

「助かります。かなりの遣《つか》い手ですから、気を付けて下さい」

「承知……」

長次は、風呂敷包みを提げて行く夏目左内を追った。

平八郎は、間を置いて続いた。

横川の流れは緩やかだった。

夏目左内は風呂敷包みを手にし、油断のない足取りで横川沿いを南に向かった。

長次は、充分に距離を取って慎重に尾行た。

平八郎は、長次の後ろ姿を追った。

夏目は、横川に架かっている法恩寺橋《ほうおんじばし》を渡って東に進んだ。

何処に行くんだ……。

長次は追った。

横川を渡った夏目は、平河山《へいかざん》法恩寺の前を通って尚《なお》も東に進んだ。そして、柳島町《やなぎしまちよう》を抜けて横十間川《よこじっけんがわ》に出た。

横十間川は、本所竪川《たてかわ》と北十間川《きたじっけん》を南北に繋《つな》いでいる堀割だ。

夏目は、横十間川に架かっている天神橋《てんじんばし》を渡り、亀戸町《かめいどちよう》に入った。

亀戸町には、菅原道真《すがわらのみちざね》を祀《まつ》った亀戸天満宮《てんまんぐう》がある。

亀戸天満宮に行くのか……。

長次は睨み、夏目を追った。

亀戸天神門前には、様々な露店《ろてん》が並び参拝客が行き交っていた。

夏目は、門前に連なる露天商《ろてんしよう》たちに挨拶《あいさつ》をし、野菜を売っている百姓女に声を掛けた。

百姓女は微笑《ほほえ》み、夏目に一枚の筵《むしろ》を渡した。

夏目は、筵を受け取って隣りに敷いて座り、風呂敷包みから様々な根付を取り出し、広げた懐紙の上に並べた。

参拝客に根付を売りに来たのだ。

長次は、物陰から見守った。

「根付を売りに来たようですね」

平八郎が、長次の背後に現れた。

「ええ……」

夏目は、野菜売りの百姓女と言葉を交わしながら根付を売り始めた。

どうやら夏目左内は、亀戸天満宮門前の露天商の一人なのだ。

平八郎と長次は、行き交う参拝客越しに夏目を見守った。

「潰れた紅屋のお内儀の処には行かないんですかね」

長次は戸惑った。

「ええ……」

平八郎は眉をひそめた。

夏目は、時々訪れる客の相手をしていたが、根付が売れた様子はなかった。

半刻が過ぎた。

野菜を売り尽くした百姓女は、夏目と何事か言葉を交わしながら片付け始めた。

夏目は、片付けを手伝った。

百姓女は、空になった竹籠《たけかご》に巻いた筵を入れて背負《せお》った。そして、他の露天商たちに声を掛け、夏目に挨拶をして亀戸天神門前を東に向かった。

亀戸天神の東には、柳島村の田畑が広がっている。

百姓女は、おそらく柳島村の者なのだ。

夏目は見送った。

「どうします」

「追う迄もないでしょう」

平八郎は告げた。

「ええ……」

平八郎と長次は、根付を売る夏目を見守った。

陽は西に傾いた。

夏目は、根付を片付け始めた。

「どうやら、商いは終わりですか……」

「ええ。これから紅屋のお内儀の処に行くのかもしれませんね」

平八郎は、緊張した面持《おもも》ちで夏目を見守った。

夏目は、根付を包んだ風呂敷包みと巻いた筵を抱え、露天商たちに挨拶をして亀戸天神門前を離れた。

平八郎と長次は追った。

夏目は、横十間川に架かる天神橋を渡って、来た道を戻り始めた。

戻る……。

平八郎と長次は、戸惑いながら尾行た。


平八郎と長次は、思わず顔を見合わせた。

夏目左内は、亀戸天神門前から中之郷横川町の堀端長屋に真っ直ぐ帰って来たのだ。

夏目は、『紅屋』のお内儀おとせの処には行かなかった。

「平八郎さん……」

長次は眉をひそめた。

「お内儀の処には行きませんでしたね」

平八郎は、戸惑いを浮かべた。

「商いに行っただけですか……」

「それにしちゃあ、早仕舞いでしたね」

「ええ。まるで……」

「長次さん、まさか……」

平八郎は気付き、思わず長次を遮《さえぎ》った。

「ええ。夏目、あの百姓女に逢いに行ったのかもしれませんよ」

長次は睨んだ。

「やっぱり、そう思いますか……」

「ええ、平八郎さん。あっしは亀戸に戻って百姓女を捜します」

「お願いします」

長次は、平八郎を残して亀戸に急いだ。

亀戸天神門前で野菜を売っていた百姓女が、潰れた小間物問屋『紅屋』のお内儀のおとせだったのかもしれない。

もしそうならば、夏目は何をそんなに警戒しているのだ。

何かが秘められている……。

平八郎は読んだ。

夏目左内が、堀端長屋から手ぶらで現れた。

平八郎は、咄嗟《とっさ》に物陰に隠れた。

夏目は、辺りを警戒しながら北割下水沿いを西に向かった。

何処に行く……。

ひょっとしたら、『紅屋』のお内儀の処かもしれない。

平八郎は、慎重に尾行を開始した。


亀戸天満宮の賑わいは続いていた。

長次は、門前の露天商の七味唐辛子《しちみとうがらし》売りに野菜売りの百姓女の事を尋ねた。

七味唐辛子売りの老爺《ろうや》は、野菜売りの百姓女を知っていた。

「ああ。あのおかみさんは、此の向こうにある普門院《ふもんいん》の横にある百姓家のおかみさんだよ」

「普門院の横手の百姓家ですか……」

「ええ。女一人で畑仕事をして子供を育てましてね。今じゃあ倅《せがれ》も一人前になって、苦労した甲斐《かい》があるってもんだよ」

「名前、知っていますかい……」

「おとせさんだよ」

七味唐辛子売りの老爺は、事も無げに教えてくれた。

「おとせさん……」

長次は、平八郎と自分の睨みが当たっていたのを知った。

「ああ……」

「じゃあ父っつあん。おとせさん、根付売りの浪人さんと、どんな拘《かか》わりなんですかね」

「ああ、夏目の旦那、昔から此処で根付を売っている仲間でね。おとせさんは、夏目の旦那の口利《くちき》きで仲間になったんですよ」

「夏目の旦那の口利き……」

「ああ、何でも昔からの知り合いだそうだよ」

「昔からの知り合い……」

夏目左内と『紅屋』のお内儀おとせは、昔からの知り合いだった。

長次は知った。

南無大師遍照金剛《なむだいしへんじようこんごう》……。

普門院の境内《けいだい》には、僧侶《そうりょ》たちの読む経が朗々と流れていた。

長次は、普門院の古い土塀沿いの道を進んだ。

田畑の向こうに小さな百姓家が見えた。

長次は、道から外れて畑の中を進み、小さな百姓家に近付いた。そして、垣根越しに百姓家を窺《うかが》った。

百姓家の縁側では、おとせが笊《ざる》に広げた豆から塵《ちり》を取り除いていた。

潰れた小間物問屋『紅屋』のお内儀のおとせ……。

長次は見届けた。


日本橋の通りは、相変わらず大勢の人たちが行き交っていた。

夏目左内は、それとなく小間物屋『香美堂』の店内を窺った。

小間物屋『香美堂』は客で賑わっていた。

夏目左内は路地に潜み、斜向《はすむ》かいの小間物屋『香美堂』を見張り始めた。

何をする気だ……。

平八郎は、夏目左内を見守った。

夕暮時が訪れ、日本橋の通りに連なる店は店仕舞いを始めた。

小間物屋『香美堂』主の義兵衛が現れ、番頭たち奉公人に見送られて神田八ッ《やっ》小路《こうじ》に向かった。

夏目は、義兵衛を尾行た。

平八郎は、義兵衛を尾行る夏目を追った。

夕暮の日本橋の通りには、仕事帰りの人々が行き交い始めていた。


神田川は夕暮に染まった。

神田八ッ小路を抜けた義兵衛は、神田川に架かっている昌平橋《しょうへいばし》を渡り、明神下の通りを不忍池に向かった。

夏目左内は尾行た。

平八郎は追った。


不忍池の水面《みなも》には、弁天島《べんてんじま》に灯された明かりが映《は》えた。

小間物屋『香美堂』の義兵衛は、仁王門町《におうもんちょう》の料理屋『笹乃井《ささのい》』に入った。

夏目左内は、物陰に入って料理屋『笹乃井』を見張り始めた。

義兵衛が出て来るのを待つ気か……。

平八郎は、暗がりに潜んで夏目を見守った。

一刻が過ぎ、人通りは減った。

義兵衛と数人の旦那衆が、女将や仲居《なかい》たちに見送られて料理屋『笹乃井』から出て来た。

同業者の寄合いだったのか……。

平八郎は読んだ。

義兵衛は旦那衆と別れ、提灯《ちょうちん》を手にして下谷広小路に向かった。

夏目は追った。

平八郎は続いた。


下谷広小路は薄暗く、人通りはなかった。

義兵衛は、提灯を揺らして足早に上野新黒門町《しんくろもんちょう》に向かった。

夏目左内は追った。

殺気が溢れた。

夏目は、提灯を揺らして足早に行く義兵衛に向かって地を蹴った。そして、刀の柄《つか》を握り締めて義兵衛に走った。

義兵衛は、背後に迫る足音に気付いて振り返った。
夏目は、抜き打ちの一刀を放った。
義兵衛は、咄嗟《とっさ》に提灯を投げ付けた。
夏目は、飛来する提灯を抜き打ちに斬《き》り払った。
提灯は斬り飛ばされて地面に落ち、大きく燃え上がった。
義兵衛は、恐怖に腰を抜かした。
夏目は、義兵衛に迫った。
「た、助けて……」
義兵衛は喉を引《ひ》き攣《つ》らせ、尻餅《しりもち》をついたまま後退《あとずさ》りをした。
夏目は、義兵衛に迫って袈裟《けさ》懸《が》けの一刀を放った。
刹那、平八郎が現れて夏目の刀を弾き飛ばした。
暗がりに火花が飛び散り、甲高《かんだか》い音が鋭く鳴った。
平八郎は、義兵衛を後ろ手に庇《かば》った。
夏目は、平八郎に鋭く斬り込んだ。
平八郎は踏《ふ》み止《とど》まり、夏目の鋭い斬り込みに応じた。
夏目は踏み込み、刀を袈裟懸けに一閃《いっせん》した。

平八郎は、横薙《よこな》ぎの一刀を鋭く放った。
閃光が交錯した。
血の臭いが微かに湧《わ》いた。
平八郎は、左肩に僅かな痛みと滲《にじ》む血の生暖かさを感じた。
夏目は、刀を握る腕から血が滴《したた》り落ちるのに気が付いた。
此迄《ここまで》だ……。
夏目は、素早く身を翻《ひるがえ》して暗がりに走り去った。
平八郎は、己の左肩の傷を検《あらた》めた。
左肩の傷は掠《かす》り傷だった。
平八郎は、刀に拭《ぬぐ》いを掛けて鞘《さや》に納め、へたり込んでいる義兵衛に近付いた。
義兵衛は、頭を抱えて激しく震えていた。
「怪我《けが》はありませんか……」
平八郎は、義兵衛に声を掛けた。
「えっ……」
義兵衛は、戸惑いながら平八郎を見上げた。
「や、矢吹さま……」

義兵衛は、平八郎だと気が付いて驚き、安堵《あんど》を浮かべて立ち上がった。

「偶々《たまたま》、私が通り掛かって良かったですね」

平八郎は笑った。

「はい、お陰さまで……」

義兵衛は、何度も頷いた。

「で、襲ったのが何者か知っていますか……」

平八郎は、義兵衛を見据えて尋ねた。

「えっ。いえ、知りません」

義兵衛は、微かな緊張を過らせて知らぬと云った。

「知らぬ……」

「はい。襲ったのは、きっと辻《つじ》斬りです」

「辻斬り……」

平八郎は眉をひそめた。

「はい。辻斬り、いえ、辻強盗だったかもしれません」

義兵衛は、言い繕《つくろ》うように告げた。

隠している……。

平八郎は睨んだ。

「そうか。辻斬りか辻強盗か。ならば、室町まで送ろう」

平八郎は、上野新黒門町に向かって歩き出した。

「あ、ありがとうございます」

義兵衛は、平八郎に礼を述べて慌てて後に続いた。

平八郎は、小間物屋『香美堂』義兵衛と夜の町を日本橋室町に向かった。

義兵衛は、夏目左内の襲撃を辻斬りか辻強盗の仕業だと云って惚けようとしている。

それは、義兵衛が夏目左内が何者か知っている証《あかし》だ。そして、義兵衛は夏目を知っている事実を知られたくないのだ。

平八郎は読んだ。

「あの。矢吹さま……」

義兵衛は、平八郎の背後から探るような声を掛けた。

「何ですか……」

平八郎は、振り向きもせず歩いたまま返事をした。

「紅屋のお内儀のおとせさまは見付かりそうですか……」

「ええ。間もなく見付かりますよ」

平八郎は告げた。

「そ、そうですか……」

義兵衛は、平八郎が事も無げに云い放ったのに戸惑った。

「ええ。見付かったらどうします。義兵衛さんが捜していると云って、香美堂に連れて行きますか……」

「いえ。それには及びません。おとせさまには何も告げず、黙っていて下さい」

義兵衛は、微かに狼狽《うろた》えながら平八郎に指示をした。

「ならば私は、見付けて、その居場所をおぬしに報《しら》せるだけで良いのですな」

平八郎は苦笑した。

「はい。おとせさまに逢ったり、私の事などは呉々《くれぐれ》も内緒にお願いします」

「そうか。心得た」

平八郎は頷いた。

義兵衛は、潰れた小間物問屋『紅屋』のお内儀おとせに対して何かを企んでいる。

それは何か……。

そして、浪人の夏目左内は、義兵衛を闇討ちにしようとした。

何《いず》れにしろ、義兵衛はおとせを捜し出して何かをしようと企んでおり、夏目左内はそれを防ごうと先手を打って闇討ちを仕掛けたのかもしれない。

平八郎は、義兵衛の先に立って日本橋室町に急いだ。

夜廻りの木戸番の打つ拍子木の音が、夜空に甲高く響いた。

四

居酒屋『花や』は賑わっていた。

平八郎と長次は、店の隅で酒を飲みながらそれぞれの摑んだ事を報せ合った。

「そうですか、やはりあの百姓女がお内儀のおとせでしたか……」

平八郎は、野菜を売っている百姓女を思い浮かべた。

「はい。幼かった倅も京橋《きようばし》の呉服屋に奉公して旦那に可愛がられており、女手一つで育てて来たおとせさんもほっと一息ですよ」

長次は、おとせの周囲にそれとなく聞き込みを掛けて知った事を告げた。

「そうですか……」

「ええ。それにしても、夏目左内が義兵衛を闇討ちにしようとは……」

長次は眉をひそめた。

「きっと、義兵衛がおとせを捜していると知ったからですよ」

「ええ。で、義兵衛は夏目左内を知っている事を隠しましたか……」

「そして、何かを企んでいる……」

平八郎は睨んだ。

「どうします」

長次は、平八郎の出方を窺った。

「長次さん、十五年前の小間物問屋紅屋の旦那、吉右衛門の急な病が、どのようなものだったかです」

「吉右衛門旦那の急な病に義兵衛が絡《から》んでいますか……」

「きっと……」

平八郎は頷いた。

「急な病が何か、知っているのは義兵衛におとせ、それに夏目左内ぐらいですか……」

長次は読んだ。

「でしょうね」

「それにしても、面倒な仕事を引き受けましたね」

長次は、苦笑しながら酒を飲んだ。

「萬屋の狸親父にまんまとやられましたよ」

平八郎は、腹立たしげに酒を飲んだ。

「ですが、仕事をしなければ、飯は食えず酒も飲めませんよ」

長次は、平八郎の猪口に酒を満たした。

「そうなんですよねえ。武士は食わねど高楊枝《たかようじ》なんて、出来っこありませんからねえ」

平八郎は、悔しげに猪口の酒を飲み干した。


本所中之郷横川町の堀端長屋は、井戸端で洗濯をするおかみさんたちの笑い声に溢れていた。

夏目左内は、家を出て木戸に向かった。

「あら、夏目の旦那、お出掛けですか……」

おかみさんが声を掛けた。

「うむ。みんなも精が出るな……」

夏目は、笑顔で応じた。

「お気を付けて……」

「うむ……」

夏目は、おかみさんたちの声に送られて堀端長屋を後にした。


横川には櫓《ろ》の軋《きし》みが響いていた。

夏目左内は、横川沿いの道から法恩寺橋を渡った。そして、平河山法恩寺の門前を通り、柳島町を進んで横十間川に出た。

夏目は、横十間川に架かっている天神橋に進んで立ち止まった。

平八郎が、天神橋の袂《たもと》に佇《たたず》んでいた。

「やあ。昨夜はどうも……」

平八郎は笑い掛けた。

「うむ……」

夏目は、それとなく身構えた。

「夏目さん、十五年前、小間物問屋紅屋の旦那の吉右衛門は、どうして急な病で死んだのですか……」

「矢吹どの……」

「そいつには、香美堂の義兵衛が絡んでいるのですね」

「何の事かな……」

「夏目さんが知らぬのなら、おとせさんに訊くしかありませんね」

平八郎は苦笑した。

「突き止めましたか……」

夏目は、平八郎がおとせの居場所を突き止めたのを知った。

「ええ……」

平八郎は頷き、夏目の出方を窺った。

「そうですか……」

夏目は、吐息を洩らした。

「夏目さん、義兵衛は昨夜のおぬしを辻斬りか辻強盗だと……」

「辻斬りか辻強盗……」

夏目は眉をひそめた。

「ええ、そう云って惚けています」

「矢吹さん、十五年前、小間物問屋紅屋の吉右衛門旦那は、おそらく毒を盛られて殺されたのです」

夏目は漸く語り始めた。

「毒……」

「如何《いか》にも……」

「毒を盛ったのは、当時行商の小間物売りをしていた義兵衛ですか……」

「義兵衛は、吉右衛門旦那に金を借りており、返済を迫られ……」

「揉めて、毒を盛りましたか……」

平八郎は睨んだ。

「おそらく。しかし、そう思ったものの確かな証拠は何もありません。それで、脅し文を投げ込んだ。そうしたら、おぬしが義兵衛に雇われ、おとせさんを捜しに来た」

「義兵衛、尻尾《しっぽ》を出しましたか……」

「左様。おとせさんの睨み通りでしたよ」

夏目は頷いた。

「だが、確かな証拠はない……」

「ですから昨夜、ひと思いに始末を付けようと思いましてね」

夏目は苦笑した。

「そいつを、私が邪魔しましたか……」

「ええ……」

「それにしても、おとせさんは何故、今頃……」

「幼かった倅が奉公先の旦那と一人娘に見初《みそ》められて婿《むこ》に入る事が決まりましてね。後は吉右衛門旦那の恨みを晴らすだけだと……」

「成《な》る程、そうでしたか……」

「うむ……」

「して夏目さん、何故におとせさんの手伝いをしているのですか……」

「矢吹どの、吉右衛門旦那は、食詰めていた私に根付彫りを修業するように金を出してくれた恩人でしてね。お陰さまで悪事に手を染めずに食えるようになりました」

「恩返しですか……」

平八郎は、夏目の気持ちが良く分かった。

「そんな立派なものではないが……」

夏目は淋しげに笑った。

「夏目さん、義兵衛はおとせさんの居場所を知りたがっています。どうしますか……」

平八郎は、不敵な笑みを浮かべた。


小間物屋『香美堂』は繁盛していた。

長次は見張った。

主の義兵衛に出掛ける様子はなかった。

長次は見張り続けた。

半刻が過ぎた。

総髪《そうはつ》の浪人が、小間物屋『香美堂』に入って行った。

小間物屋には似合わない客だ……。

長次は眉をひそめた。

僅かな刻が過ぎ、平八郎がやって来た。

長次は、物陰から出て平八郎に近付いた。

平八郎は、長次に気付いて傍《かたわ》らの路地に入った。

長次は、平八郎に続いて路地に入った。

「どうしました……」

「妙な浪人が来ていますよ」

長次は、小間物屋『香美堂』を示した。

「妙な浪人……」

平八郎は眉をひそめた。

「ええ。それから、此処に来る前に南の御番所で高村の旦那に逢って来たんですが。十五年前、紅屋の吉右衛門旦那は急死する直前に、騙《かた》りに遭ってかなりの金を騙《だま》し取られており、店はそれで潰れてしまったそうです」

「騙り……」

平八郎は眉をひそめた。

「ええ。詳しくは分からないのですが、何でも店に出入りをしていた行商人の口利きで乗った話が、騙りだったとか……」

「店に出入りしていた行商人、おそらく義兵衛に違いありません」

「やっぱりね……」

「十五年前、義兵衛が吉右衛門旦那に毒を盛ったのは、おそらく騙り絡みでしょう」

平八郎は、厳しい面持ちで小間物屋『香美堂』を見据えた。


平八郎は、店の座敷に通された。

出された茶は、湯気を立ち昇らせていた。

美味い……。

平八郎は、茶を飲みながら義兵衛の来るのを待った。

次の間に人の気配がした。

長次の云っていた総髪の浪人……。

平八郎は睨んだ。

義兵衛は、平八郎を警戒し始めた。

平八郎は、腹の内で嗤った。

「お待たせ致しました」

義兵衛が現れた。

「やあ……」

「昨夜は危ない処をありがとうございました」

「いや。無事で何より。義兵衛さんに死なれると、残りの給金を貰えなくなりますからね」

平八郎は笑った。

「それで……」

義兵衛は、平八郎が来た用件を話すように促した。

「そうそう、紅屋のお内儀のおとせさん、見付かりましたよ」

平八郎は告げた。

「見付かった……」

義兵衛は、平八郎を見詰めた。

「ええ……」

平八郎は頷いた。

「何処です。おとせさんは何処にいたのですか……」

「亀戸天満宮の裏にある普門院近くに住んでいましたよ」

「亀戸天満宮の裏の普門院の近く……」

「ええ。普門院近くの百姓家に住み、百姓仕事をしていました」

「そうですか。亀戸で百姓を……」

義兵衛は、その眼に狡猾《こうかつ》さを過らせた。

「どうします。案内しますか……」

「いえ。それには及びません」

義兵衛は、笑みを浮かべて断った。

「流石《さすが》は人捜しの名人、万吉さんの云う通りですね。これは、今迄の給金です」

義兵衛は、平八郎に懐紙《かいし》に載せた金を差し出した。

「うむ。確かに……」

平八郎は、金を受け取った。

「いろいろと御苦労さまでした」

義兵衛は、微かな侮りを過らせた。

使い終わった者は、さっさと棄《す》てる……。

平八郎は、義兵衛の情のない人柄を見定め、思わず苦笑した。

「さあて、どうするか……」

平八郎は、長次と一緒に小間物屋『香美堂』を見張った。

義兵衛が、総髪の浪人と共に店から出て来た。

「長次さん……」

「ええ。行き先は亀戸ですか……」

長次は読んだ。

「おそらく……」

平八郎は頷き、物陰を出て義兵衛と総髪の浪人を追った。

長次が続いた。

義兵衛は、総髪の浪人と両国に向かった。

両国から本所に渡り、亀戸に行く……。

平八郎と長次は、義兵衛たちの亀戸天満宮迄の道筋を読んだ。

両国広小路は賑わっていた。

義兵衛と総髪の浪人は、広小路の裏通りにある一膳飯屋に立ち寄り、二人の浪人と一人の遊び人を連れて出て来た。

「義兵衛の奴、二人の浪人と遊び人を新しく雇ったようですね」

長次は読んだ。

「ええ。義兵衛、思った以上に夏目左内を恐れていますよ」

平八郎は苦笑した。

義兵衛と総髪の浪人は、新たに加わった二人の浪人と遊び人を従え、大川に架かっている両国橋を渡って本所に入った。

平八郎と長次は追った。


亀戸天満宮には多くの参拝客が訪れていた。

義兵衛は、総髪の浪人たちと亀戸天満宮門前を通り、亀戸町を抜けて緑の田畑に出た。

「突き当たりの寺が普門院ですぜ」

遊び人は、義兵衛に告げた。

「だったら……」

義兵衛は、普門院の近くに百姓家を探した。

小さな百姓家が、田畑の向こうに見えた。

「あそこだな……」

総髪の浪人は示した。

「ああ……」

義兵衛は頷いた。

「片岡《かたおか》の旦那、様子を見て来ますか……」

遊び人が、総髪の浪人に尋ねた。

「うむ。紋次《もんじ》、おとせって四十絡みの女がいる筈だ。見定めて来い」

片岡と呼ばれた総髪の浪人は、遊び人の紋次に命じた。

紋次は、小さな百姓家に忍び寄って行った。

義兵衛と片岡たち浪人は見守った。

紋次は、小さな百姓家の裏手に廻って行き、姿を消した。

風が吹き抜け、田畑の緑が揺れた。

紋次が、小さな百姓家の裏手から現れて大きく手を振った。

「義兵衛の旦那……」

片岡は嘲《あざけ》りを浮かべた。

「ああ……」

義兵衛は、残忍に嗤った。

「行くぞ」

片岡と義兵衛は、二人の浪人を従えて小さな百姓家に向かった。

小さな百姓家は静かだった。

「何処だ……」

片岡は、紋次に訊いた。

「井戸端で野菜を洗っています」

「よし。義兵衛の旦那、おとせに間違いないか見定めるのだな」

「ああ……」

義兵衛は、喉を鳴らして頷いた。

義兵衛、片岡、紋次、二人の浪人は、井戸端のある裏庭に駆け込んだ。

井戸端には誰もいなかった。

「紋次……」

片岡は眉をひそめた。

「きっと、家の中に戻ったんですぜ」

紋次は、開いている裏口を示した。

片岡は、二人の浪人に目配せをした。

二人の浪人は頷き、刀を抜いて裏口から踏み込んだ。

次の瞬間、二人の浪人が短い悲鳴をあげて転がりながら逃げ出して来た。

片岡、義兵衛、紋次は驚いた。

夏目左内が心張棒《しんばりぼう》を手にして裏口から追って現れ、逃げる二人の浪人を容赦《ようしゃ》なく叩きのめした。

二人の浪人は無様に昏倒《こんとう》した。

「な、夏目左内……」

義兵衛は、嗄《しわが》れ声を引き攣らせた。

「義兵衛、来るのを待っていたぞ」

夏目は笑った。

「何……」

義兵衛は困惑した。

「まんまと引っ掛かったな」

平八郎と長次が、背後で笑っていた。

「や、矢吹……」
義兵衛は狼狽《うろた》えた。
「おのれ……」
片岡は、猛然と平八郎に斬り掛かった。
平八郎は跳び退《との》いた。
片岡は、二の太刀《たち》を放とうと追って踏み込んだ。
平八郎は、跳び退くと見せ掛けて逆に大きく踏み込んだ。
片岡は戸惑った。
刹那、平八郎は刀を抜き打ちに一閃した。
閃光が走り、血が飛んだ。
片岡は、斬られた脇腹から血を流してゆっくりと倒れた。
遊び人の紋次は逃げた。
夏目が、軒下に積んであった薪《まき》を、逃げる紋次に投げ付けた。
薪は唸《うな》りをあげて回転し、紋次の後頭部に当たった。
紋次は悲鳴をあげ、前のめりに顔から倒れ込んだ。
義兵衛は、慌てて逃げようとした。

「動くな……」

平八郎は怒鳴った。

義兵衛は立ち竦《すく》んだ。

「動けば斬る……」

平八郎は、義兵衛に刀を向けた。

鋒《きっさき》から血が滴り落ちた。

「は、嵌《は》めやがったな……」

義兵衛は、怒りに声を震わせた。

「義兵衛、十五年前の己の罪科を曝《あば》かれるのを恐れ、口を塞《ふさ》ぐ為の人捜しとはな」

平八郎は吐《は》き棄てた。

「煩《うる》せえ、僅かな金欲しさに何でもする食詰めが……」

義兵衛は罵《ののし》った。

「何だと……」

「給金の他の礼金と一日分の前払いに喜んで尻尾を振りやがった癖に……」

義兵衛は、口汚く罵った。

「黙れ。武士は食わねど高楊枝だ。こんな汚い端金《はしたがね》、幾らでも叩き返してやる」

平八郎は怒鳴り、給金として貰った一朱金を義兵衛に投げ付けた。

一朱金は、義兵衛に当たって跳ね返り、煌《きら》めきながら茂みに落ちた。

「畜生《ちくしよう》……」

義兵衛は、隠し持っていた匕首《あいくち》を抜いて平八郎に突き掛かった。

「馬鹿《ばか》野郎……」

平八郎は、義兵衛の匕首を刀で叩き落として体当たりをした。

義兵衛は、地面に激しく叩き付けられた。

長次は、倒れた義兵衛を十手で殴《なぐ》り、素早く捕り縄を打った。

「十五年前の悪行、大番屋で詳しく聞かせて貰うよ」

長次は、義兵衛を冷たく見据えた。

義兵衛は項垂《うなだ》れた。

「平八郎さん、人を呼んで来ますのでこいつらを見張っていて下さい」

長次は告げた。

「心得た」

平八郎は頷いた。

「じゃあ……」

長次は駆け去った。

「ありがとうございます」

おとせが現れ、平八郎に頭を下げた。

「矢吹どの、小間物問屋紅屋のお内儀のおとせさんだ」

夏目は、平八郎におとせを引き合わせた。

「矢吹平八郎です」

「矢吹さま、おとせにございます。此の度は本当に、本当にありがとうございました」

おとせは、溢れる嬉し涙を拭いながら礼を述べた。

「おとせさん、此《これ》で漸く吉右衛門旦那の恨《うら》みが晴らせます」

夏目は、おとせに告げた。

「はい……」

おとせは、嗚咽《おえつ》を洩らしながら頷いた。

「矢吹どの、私も礼を申す」

夏目左内は、平八郎に深々と頭を下げた。

「いや。私は偶々《たまたま》口入屋の仕事を引き受けた迄、礼には及びません」

平八郎は苦笑した。

平八郎の人捜しは終わった。

小間物屋『香美堂』の主の義兵衛は、十五年前に小間物問屋『紅屋』吉右衛門に毒を盛り、お内儀おとせを殺そうとした咎《とが》で死罪に処せられた。

居酒屋『花や』は、開店の仕度《したく》に忙しかった。

「へえ、仕事の雇い主が人殺しだったの……」

おりんは、拭き掃除の手を止めた。

「ああ。それで給金を叩き返してやった」

平八郎は笑った。

「あら、良いんですか、給金を返して……」

「当たり前だ。人殺しの金など貰えるか……」

「でも、お金がないと……」

「おりん、武士は食わねど高楊枝だ」

平八郎は、偉そうに胸を張った。

次の瞬間、平八郎の腹が空腹に鳴った。

「おりん、頼む。今晩、店を手伝わせてくれ」

平八郎は、おりんに手を合わせた。

「武士は食わねど高楊枝ですよ」

おりんは笑った。

第二話　運び屋

一

明神下の口入屋《くちいれ》『萬屋』は、朝の日雇い仕事の周旋《しゅうせん》も終わって静けさに満ちていた。

矢吹平八郎は店を覗《のぞ》いた。

主《あるじ》の万吉が、店の奥の帳場で帳簿付けをしていた。

周旋がとっくに終わった今頃、顔を出しても鼻の先であしらわれるだけだ……。

平八郎は、今日の仕事を諦《あきら》めて踵《きびす》を返そうとした。

店の中から、わざとらしい大きな咳払《せきばら》いが聞こえた。

平八郎は、思わず振り返った。

店の帳場にいる万吉が、狸面《たぬきづら》に笑みを浮かべて手招《てまね》きをした。

「えっ……」

平八郎は戸惑《とまど》った。

万吉が、遅くなった平八郎に仏頂面《ぶっちょうづら》は見せても笑顔を見せる事はない。

拙《まず》い……。

平八郎は、不吉な予感を覚えた。

万吉が笑顔で勧《すす》める仕事は、危ないものが多いのだ。

平八郎は、店に入るのを迷い躊躇《ためら》った。

「何してんです。早くいらっしゃい」

万吉は、笑顔で招いた。

招き猫は知っているが、招き狸は初めてだ。

よし……。

平八郎は、覚悟を決めて口入屋『萬屋』の敷居を跨《また》いだ。


「さあ、どうぞ……」

万吉は狸面に笑顔を作り、平八郎に茶を淹《い》れて差し出した。

「忝《かたじけな》い。戴《いただ》く……」

平八郎は、湯気の漂《ただよ》う茶をすすった。

茶はいつもの出涸《でがら》しとは違い、新しい茶葉で淹れた温かいものだった。

美味《うま》い……。

平八郎は、茶を味わった。

茶が美味ければ美味い程《ほど》、仕事の危険度は高くなる。

平八郎の不吉な予感は募《つの》った。

「平八郎さん、羊羹《ようかん》もありますよ」

「いえ、結構です。それより仕事ですか……」

平八郎は、湯呑茶碗を置いた。

「ええ、これから本郷《ほんごう》は弓町《ゆみちよう》の旗本、加納弥一郎《かのうやいちろう》さまの御屋敷に行ってくれませんか……」

万吉は、狸面を引き締めた。

「本郷は弓町の旗本、加納弥一郎さんの屋敷ですか……」

「はい」

「して、仕事はどのような……」

「それは、加納さまの御屋敷でお訊《き》き下さい」

万吉は、厳しい面持《おもも》ちで告げた。

「そうか。して……」

「給金は取り敢えず一朱、前渡しをしますが、仕事によっては割り増しもあります」

万吉は、金箱から一朱金を取り出し、懐紙《かいし》に載せて差し出した。

「ほう。前払いで一朱とは、かなり危ない仕事だな……」

平八郎は苦笑し、万吉を窺《うかが》った。

「多分……」

万吉は、平八郎を見詰めて覚悟を決めたように頷《うなず》いた。

「親父《おやじ》さんとその加納さん、何か拘《かか》わりがあるのか……」

平八郎は眉《まゆ》をひそめた。

「ええ。平八郎さん、この通りだ。引き受けてはくれませんか……」

万吉は詳しい拘わりを云《い》わず、必死な面持ちで平八郎に頭を下げた。

万吉に貸しを作って置くのも良い……。

「よし。引き受けた」

平八郎は頷いた。

「ありがたい。宜《よろ》しくお願いします」

「ならば、これから本郷は弓町に行く」

平八郎は、冷えた茶を飲み干し、懐紙の上の一朱金を取って立ち上がった。

本郷弓町の武家屋敷街には、物売りの声が長閑《のどか》に響いていた。
平八郎は、擦《す》れ違った小者を呼び止め、加納屋敷の場所を尋ねた。
小者は、加納屋敷が何処《どこ》か教えてくれた。
平八郎は、教えられた加納屋敷に向かった。

加納屋敷は表門を閉じていた。
平八郎は、門前に佇《たたず》んで加納屋敷を見廻した。
二百石取りぐらいの旗本か……。
平八郎は読んだ。
背中に鋭《するど》い視線を感じた。
誰かが見ている……。
平八郎は、振り返らずに視線の主を探った。
一人、二人、三人、四人……。
視線の主は四人だ。
四人は、加納屋敷を見張っている。

平八郎は、加納屋敷が何者かに見張られているのを知った。

此《こ》からの仕事に拘わりがある……。

危険を承知で受けた仕事だ。

平八郎は苦笑し、加納屋敷の潜《くぐ》り戸を叩《たた》いた。

「何方《どなた》ですか……」

潜り戸の小窓から老下男が覗いた。

「明神下の口入屋萬屋から来た者だ」

平八郎は囁《ささや》いた。

「万吉さんの口利《くちき》きですか……」

「そうだ。狸親父の口利きだ」

平八郎は苦笑した。

「そう云えば似ているな、狸に……」

老下男は、笑いながら潜り戸を開けた。

平八郎は、加納屋敷の門前を何気なく見廻した。

見張っている者たちは、隠れているらしく何処にも見えなかった。

平八郎は、加納屋敷に入って潜り戸を閉めた。

「お侍さん、名前は……」

老下男は、平八郎に尋ねた。

「矢吹平八郎だ。父《と》っつあんは……」

「宇平《うへい》だ」

老下男は名乗った。

「じゃあ宇平さん、加納さんに萬屋の口利きで矢吹平八郎が来たと取り次いでくれ」

「それには及ばないよ。一緒に来な」

「えっ……」

「奥さまがお待《ま》ち兼《か》ねだよ」

宇平は、屋敷の式台に向かった。

「奥さま……」

平八郎は、戸惑いながら続いた。

平八郎は、式台脇の座敷に案内された。

「こちらでお待ち下さい」

宇平は、平八郎を式台脇の座敷に残して立ち去った。

煎《せん》じ薬の臭いが微《かす》かに漂った。

病人がいるのか……。

平八郎は、微かな戸惑いを覚えた。

静かな足音が廊下をやって来た。

女……。

平八郎は睨《にら》んだ。

「お待たせ致しました」

若い武家の妻女が座敷に入って来た。

「当家主加納弥一郎の妻、由衣《ゆい》にございます。萬屋からお見えの矢吹平八郎さまにございますか……」

若い武家の妻女は、由衣と名乗った。

「如何《いか》にも、矢吹平八郎です」

平八郎は頷いた。

「急なお願い、申し訳ございません」

由衣は詫《わ》びた。

「由衣どの、そのお願いですが、私は何をすれば良いのですか……」

「えっ。萬屋の万吉さんにお聞きではないのですか……」

「はい。狸、いや万吉は、こちらで伺《うかが》ってくれと……」

「そうでしたか。では、この書状を目黒不動《めぐろふどう》滝泉寺《りゆうせんじ》にいる夫加納弥一郎にお届け下さい」

由衣は、油紙で厳重に包んだ書状を差し出した。

「ほう。ご主人の加納さんは目黒不動にいるのですか……」

「加納さん、公儀の御役目に就《つ》かれているのですか」

「はい……」

「どのような……」

「徒目付《かちめつけ》組頭にございます」

由衣は、平八郎を見詰めて告げた。

「徒目付組頭……」

「左様《さよう》にございます」

徒目付とは、目付《めつけ》の支配下にあって警衛や探索をする役目だ。

加納弥一郎は、その徒目付の組頭を務めていた。

屋敷を見張っている四人は、加納の徒目付組頭の役目に拘わりがあるのだ。

平八郎は睨んだ。

「成《な》る程《ほど》、そうでしたか……」

「矢吹さま、何か……」

由衣は眉をひそめた。

「えっ。ええ、実は屋敷を見張っている者がおりましてね」

「やはり……」

由衣は、満面に緊張を漲《みなぎ》らせた。

「ひょっとしたら、この書状に拘わりがありますか……」

平八郎は、由衣を見据えて尋ねた。

「はい……」

由衣は頷いた。

「公儀徒目付組頭への書状を狙《ねら》っているとしたなら、旗本家の者ですか……」

徒目付組頭加納弥一郎は、大身《たいしん》旗本を探索して何かの秘密を摑《つか》んだ。そして、大身旗本に命を狙われ、目黒不動に身を隠しているのだ。

平八郎は読んだ。

「きっと……」

由衣は、厳しい面持ちで頷いた。

「分かりました。ならば、充分に気を付けて目黒不動に参りましょう」

平八郎は微笑み、油紙に包まれた書状を懐《ふところ》に入れた。

「呉々《くれぐれ》もお気を付けて、宜しくお願いします」

由衣は、平八郎に深々と頭を下げた。

「心得ました」

平八郎は、刀を手にして立ち上がった。

「そうだ、由衣どの。お屋敷に病人がいるのですか……」

「えっ……」

由衣は、微かに狼狽《うろた》えた。

「煎じ薬の臭いがしたような気がしたものですから……」

「ああ。その臭いでしたら、きっと宇平の咳止《せきど》めです」

由衣は、小さな笑みを浮かべた。

「じゃあ、病人などいませんか……」

「はい」

由衣は頷いた。

「そうですか。では、目黒不動に参ります」

平八郎は座敷を出た。


仕事は、本郷弓町の旗本加納屋敷から目黒不動尊にいる加納弥一郎に書状を運び届けると云うものだった。

平八郎は、宇平に見送られて加納屋敷の潜り戸を出た。

見張りの視線が集中した。

おそらく、見張っている者たちは追って来る。

見張りの者を振り切って目黒不動に行き、潜《ひそ》んでいる加納弥一郎に書状を渡す……。

平八郎は、懐に入れた油紙で包んだ書状を奥に押し込み、加納屋敷から本郷の通りに向かった。

見張りの者の視線は、睨みの通りに追って来た。

本郷の通りに出た平八郎は、目黒不動迄《まで》の道筋を思案しながら神田川に架《か》かっている昌平橋に向かった。

本郷から目黒不動に行くには、駿河台小川町《するがだいおがわまち》から丸《まる》の内《うち》を抜け、外濠《そとぼり》に架かる幸橋御門《さいわいばしごもん》を渡り、愛宕下《あたごした》、三田《みた》、白金《しろかね》を通って行くのが上策なのかもしれない。

平八郎は、昌平橋に急いだ。

見張りの者たちの視線は、途切《とぎ》れる事もなく追って来ている。

加納屋敷を見張っていた者たちが追って来ている……。

平八郎は苦笑した。

肝要《かんよう》なのは、徒目付組頭の加納弥一郎が目黒不動にいるのを知られぬ事だ。

目黒不動に着く前に、撒《ま》くか力尽くで止めさせるしかない。

いざとなれば斬《き》り棄《す》てる……。

それが、給金一朱で引き受けた運び屋の仕事なのだ。

平八郎は、神田川に架かっている昌平橋に差し掛かった。

加納屋敷の潜り戸が開いた。

老下男の宇平が箒《ほうき》を手にして現れ、門前の掃除《そうじ》をしながら辺りを窺った。

人影が、斜向《はすむ》かいの屋敷の路地に素早く消えた。

宇平は、微かな嘲《あざけ》りを浮かべて潜り戸から屋敷に戻った。

斜向かいの屋敷の路地から、消えた人影が出て来た。

編笠《あみがさ》に軽衫袴《かるさんばかま》の武士だった。


宇平は、屋敷の台所に入って来た。

「如何《いかが》でした……」

台所の板の間に由衣がいた。

「一人だけ残っているようです」

宇平は告げた。

「残りましたか……」

由衣は眉をひそめた。

「はい。どうしますか……」

「もう少し様子を見てみましょう」

由衣は決めた。

「はい。手前もそれが良いかと思います」

宇平は頷いた。

「ならば宇平、残った見張りがいなくなったら、直《す》ぐに報《しら》せて下さい」

由衣は、宇平に命じて屋敷の奥に入って行った。


昌平橋を渡った平八郎は、丹波国篠山藩《たんばのくにささやまはん》と備後国福山藩《びんごのくにふくやまはん》の江戸上屋敷の間を進み、神田駿河台小川町を抜けて内濠に架かっている神田橋御門に向かった。

大名家と大身旗本家の屋敷が連なる道には、行《ゆ》き交《か》う人も少なかった。

平八郎は、背後から来る見張りの者をそれとなく窺った。

三人の編笠に軽衫袴の武士が、充分に距離を取って来ていた。

三人……。

加納屋敷を見張っていたのは四人だ。

一人残った……。

慎重な奴らだ。

平八郎は苦笑した。

それにしても妙だ……。

旗本家の家来ならば、編笠に軽衫袴はそぐわない。

ひょっとしたら、旗本家の家来ではないのかもしれない。

平八郎は読んだ。

ならば何処の誰だ……。

平八郎は、想いを巡《めぐ》らせながら内濠に架かる神田橋御門に急いだ。


「お邪魔しますぜ」

長次は、口入屋『萬屋』の暖簾《のれん》を潜った。

「こりゃあ、長次さん……」

万吉は、狸面に笑みを浮かべて長次を迎えた。

「万吉さん、平八郎さんは今日、こちらの仕事ですかい」

長次は尋ねた。

「えっ、ええ……」

「そうですか……」

「長次さん、平八郎さんに何か……」

「ええ。ちょいと用がありましてね。お地蔵長屋に行ったのですが、いないもので……」

「平八郎さん、今日は本郷は弓町の加納さまと仰《おつしや》る旗本の御屋敷に行っていますよ」

「へえ。今日は旗本屋敷の仕事ですか……」

「ええ……」

「仕事、一日掛かりなんですかね」

「きっと……」

万吉は頷いた。

「そうですか。いや、忙しい処《ところ》、造作《ぞうさ》をお掛けしましたね」

長次は、万吉に礼を云って口入屋『萬屋』を後にした。

さあて、どうする……。

長次は、此《こ》のまま南町奉行所定町廻り同心の高村源吾や駒形の伊佐吉の処に戻り、島抜けをして江戸に潜り込んだ浪人の根岸《ねぎし》十兵衛《じゆうべえ》捜しをするか、本郷弓町の加納屋敷に行くか迷った。

島抜けをした根岸十兵衛は、五年前に無頼《ぶらい》の者を率いて強請《ゆすり》たかりを働き、平八郎に叩きのめされて島流しになった。そして、根岸十兵衛は平八郎を恨《うら》み、平八郎を必ず殺すと云っていたのだ。

江戸に潜り込んだ根岸は、平八郎の命を狙っている……。

如何《いか》に神道無念流の遣い手の平八郎であっても、不意を衝《つ》かれると不覚を取るかもしれない。

やはり、報せておくべきだ……。

長次は、旗本の加納屋敷に行くと決め、本郷弓町に急いだ。

内濠には水鳥が遊び、波紋が幾重《いくえ》にも広がっていた。

平八郎は、内濠に架かっている神田橋御門を渡って丸の内に進んだ。

三人の編笠に軽衫袴の武士は、一定の距離を保って追って来ていた。

平八郎は、道三河岸《どうさんがし》を抜けて辰ノ口《たつのくち》和田倉《わだくら》御門から内濠沿いの道を進んだ。

編笠に軽衫袴の武士たちは、大名旗本屋敷や役所の連なる丸の内で襲《おそ》い掛かって来る事はない……。

平八郎は読んだ。

馬場先御門《ばばさきごもん》前を抜け、内濠の角を日比谷御門《ひびやごもん》のある西に曲がった。そして、内濠に架かっている日比谷御門を渡り、直ぐに南に折れて進むと幸橋御門に出る。

幸橋御門は外濠に架かっており、渡ると久保町原《くぼちようはら》、愛宕下大名小路《だいみようこうじ》だ。

おそらく、そこから編笠に軽衫袴の武士たちの攻撃は始まる。

平八郎は、懐の油紙に包まれた書状を確かめ、幸橋御門に進んだ。

二人の編笠に軽衫袴の武士が追って来る。

一人はどうした……。

平八郎は緊張した。

先廻りをしたか、それとも何処かに報せに走ったか……。

何《いず》れにしろ油断はならない。

平八郎は、幸橋御門を渡った。

二

外濠に架かっている幸橋御門を渡ると、そこは久保町原だった。

目黒不動尊に行くには、久保町原から南に進まなければならない。

久保町原の西には外濠・溜池《ためいけ》があり、東には芝口《しばぐち》・江戸湊《えどみなと》、そして南には愛宕下大名小路・三縁山増上寺《さんえんざんぞうじようじ》がある。

さあて、どう行くか……。

東の芝口・江戸湊は論外だ。

南の愛宕下大名小路から増上寺門前は人通りも多く、編笠に軽衫袴の武士も容易に仕掛けては来ない筈《はず》だ。

身の安全を考えれば、仕掛け難《にく》い人通りの多い道を行くべきだ。だが、此から先の道は目黒不動尊に辿《たど》られ易《やす》い。

最早《もはや》、始末出来るものは、早々に始末すべきなのだ。

ならば、西の外濠沿いを進み、溜池に出てから古川《ふるかわ》に向かうか……。

仕掛けられるのを待つより、こちらから仕掛ける。

溜池には馬場があり、仕掛けるのに好都合の場所と云える。

よし……。

平八郎は、外濠沿いの道を西に進んだ。

二人の編笠に軽衫袴の武士は物陰から現れ、充分な距離を取って平八郎を追った。

平八郎は、外濠に架かる新《あたら》シ橋《ばし》、虎之御門《とらのごもん》前を通って肥前国佐賀藩《ひぜんのくにさがはん》江戸中屋敷に出た。そして、佐賀藩江戸中屋敷の横の葵坂《あおいざか》を下り、溜池の馬場に入った。

二人の編笠に軽衫袴の武士は、戸惑いながら平八郎を追った。

馬場に平八郎の姿は見えなかった。

「捜せ……」

二人の編笠に軽衫袴の武士は、狼狽《うろた》えながら平八郎を捜そうとした。

「俺なら此処《ここ》だ」

平八郎は、二人の編笠に軽衫袴の武士の背後に現れた。

二人の編笠に軽衫袴の武士は、刀の柄《つか》を握り締めて身構えた。

「やるなら相手になるが、何処の者共だ」

平八郎は、編笠に軽衫袴の武士の素性を知ろうとした。

「黙れ。懐の書状、何処の誰に渡しに行くのだ」

「知りたければ、先《ま》ずは己の素性と名を教えるのだな」

「ならば、腕尽くで貰《もら》う」

二人の編笠に軽衫袴の武士は、平八郎に猛然と斬り掛かった。

平八郎は、抜き打ちの一刀を放った。

二人の編笠に軽衫袴の武士は、左右に跳んで躱《かわ》した。そして、平八郎に左右から素早く斬り付けた。

平八郎は斬り結んだ。

二人の編笠に軽衫袴の武士は、息を合わせて鋭い攻撃を繰り出した。息を合わせた攻撃は、かなりの稽古鍛錬《たんれん》をしたものだ。

平八郎は押された。

やはり、旗本家の家来ではない……。

平八郎は睨んだ。

ならば、どのような素性の者たちなのだ。

平八郎は、微かな戸惑いを覚えた。

二人の編笠に軽衫袴の武士の攻撃は続いた。

平八郎は、右手の編笠に軽衫袴の武士に馬場の砂利《じゃり》を蹴り浴びせた。

砂利を蹴り浴びせられた編笠に軽衫袴の武士は、咄嗟《とっさ》に顔を背けた。

刹那《せつな》、平八郎は素早く反転し、左手の編笠に軽衫袴の武士に袈裟懸《けさが》けの一刀を浴びせた。

斬り掛かろうとしていた左手の武士は、胸を斬られて大きく仰《の》け反《ぞ》り倒れた。

平八郎は、顔に砂利を浴びた右手の武士に向き直った。

砂利を浴びせられた編笠に軽衫袴の武士は、大きく跳《と》び退《の》いて身を翻《ひるがえ》した。

平八郎は、追い掛けようとした。

短い呻《うめ》き声が洩れた。

平八郎は、袈裟懸けに斬った武士を振り返った。

編笠に軽衫袴の武士は、自分で首の血脈を斬って息絶えていた。それは、己《おのれ》の素性を吐かされるのを恐れての自刃《じじん》なのだ。

しまった……。

平八郎は悔《く》やんだ。

逃げた編笠に軽衫袴の武士は、既《すで》に姿を消していた。

斬られた仲間を残して逃げたのは、我が身の無事を図《はか》るのは勿論《もちろん》だが、尾行が途切れないようにする為なのだ。

何者なのだ……。

平八郎は、編笠に軽衫袴の武士たちの素性に微かな恐れを抱いた。

風が吹き抜け、溜池の水面《みなも》に幾筋もの小波《さざなみ》が走った。

本郷弓町の加納屋敷は、静けさに覆《おお》われていた。

長次は、閉められている表門脇の潜り戸を叩いた。

「どちらさまでしょうか……」

潜り戸の小窓が開き、老下男の宇平が顔を見せた。

「手前は長次と申す者ですが、此方《こちら》に萬屋から来た矢吹平八郎さんがおいでになると聞いて参ったのですが……」

「ああ、矢吹さまにございますか……」

「はい……」

長次は頷いた。

宇平は、潜り戸を開けた。

「どうぞ、お入り下さい」

宇平は、辺りを窺いながら長次を屋敷内に招いた。

「お邪魔致します」

長次は、加納屋敷に入った。

編笠に軽衫袴の武士が、斜向かいの旗本屋敷の陰から現れた。

「えっ。平八郎さん、こちらの御屋敷にいらっしゃらないのですか……」

長次は戸惑った。

「はい。矢吹さまは奥方さまのお使いで、お出掛けになっております」

「どちらに……」

「さあ、それは……」

宇平は首を捻《ひね》った。

「じゃあ、いつ頃、戻りますか……」

「それも……」

「分かりませんか……」

「はい」

宇平は、申し訳なさそうに頷いた。

「そうですか。じゃあ、平八郎さんが戻られたら、根岸十兵衛が島破りをして江戸に潜り込んだと、長次が報せに来たとお伝え願えますか……」

長次は、宇平に平八郎への言付けを頼んだ。

「根岸十兵衛が島破りをして江戸に潜り込んだと、お伝えするんですね」

「はい。御造作をお掛けしますが、宜しくお願いします」

「承知しました」

宇平は頷いた。

「じゃあ……」

「あの、長次さんは……」

宇平は、白髪《しらが》眉をひそめた。

「あっ、あっしはこう云う者です」

長次は懐の十手を見せた。

「こりゃあ、どうも……」

宇平は驚いた。

「じゃあ、御無礼します」

長次は、潜り戸を出た。

宇平は見送り、潜り戸の小窓を覗いた。

長次は、素早く辺りを見廻して本郷の通りに向かった。

編笠に軽衫袴の武士が現れた。

素人《しろうと》ではない……。

編笠に軽衫袴の武士は、長次の動きをそう睨んで後を追った。

残っていた編笠に軽衫袴の武士は、長次を追って行った。

宇平は見届け、屋敷の庭に走った。


「奥さま……」

宇平は、庭先から障子《しょうじ》の閉められている座敷に呼び掛けた。

座敷の障子が開き、微かな薬湯の臭いと共に由衣が出て来た。

「どうしました」

「今、矢吹さんの知り合いが、矢吹さんを訪ねて来て帰ったのですが、見張っていた奴が追って行きました」

宇平は、緊張に声を引き攣《ひつ》らせて報せた。

「では、今表には……」

「見張りはおりません」

「宇平、急ぎ町駕籠《まちかご》を呼んで来て下さい」

由衣は、厳しい面持ちで宇平に命じた。

溜池の馬場を出た平八郎は、霊南坂《れいなんざか》を上がって愛宕山と増上寺の西側を通り、金杉川《かなすぎがわ》に出た。

今の処、逃げた編笠に軽衫袴の武士が尾行《つけ》て来る気配は窺えない。だが、必ず何処かから見張っているのに間違いはない。

平八郎は、周囲の気配を油断なく窺いながら金杉川に架かっている中ノ橋《なかのはし》を渡った。そして、中ノ橋の袂《たもと》の物陰に潜んで編笠に軽衫袴の武士が追って来るのを待った。

編笠に軽衫袴の武士は、姿を変えて追ってくるかもしれない。

平八郎は、背後から来る者を見張った。

四半刻《しはんどき》が過ぎた。

それらしい者は来ない……。

平八郎は見定め、筑後国久留米藩《ちくごのくにくるめはん》江戸上屋敷脇の道を進み、薩摩国鹿児島藩《さつまのくにかごしまはん》江戸屋敷の前に出た。そして、綱坂《つなざか》に進んで三田寺町に向かった。

三田寺町には寺が連なり、行き交う人は少なかった。

錫杖《しやくじよう》の鐶《かん》が鳴った。

平八郎は周囲を窺った。

饅頭笠《まんじゆうがさ》を被った雲水《うんすい》が、錫杖の鐶を鳴らしながら背後からやって来た。

編笠に軽衫袴の武士の一味か……。

平八郎は、寺の連なる道を進んで突き当たりの三叉路《さんさろ》を西に曲がり、土塀の陰に素早く潜んだ。

雲水が、編笠に軽衫袴の武士の一味なら急いで追って来る筈だ。

平八郎は待った。

錫杖の鐶の音が近付いて来た。

平八郎は、刀の鯉口《こいぐち》を切って通りを窺った。

雲水は、錫杖を突いて三叉路を東に曲がり、中寺町に進んで行った。

違った……。

背後から来た雲水は、編笠に軽衫袴の武士の一味ではなかった。

平八郎は苦笑し、そのまま先を急いだ。

加納屋敷の表門が開き、宇平が現れて辺りに見張りがいないのを見定めた。

御高祖頭巾《おこそずきん》を被った由衣が、町駕籠と一緒に表門から出て来て本郷の通りに急いだ。

宇平は、表門を閉めて由衣と町駕籠に続いた。


両国広小路は見世物小屋や露店《ろてん》が並び、大勢の人たちで賑わっていた。

大川に架かっている両国橋の袂の橋番所の前には、駒形の伊佐吉と南町奉行所定町廻り同心の高村源吾が佇み、行き交う人々の中に島抜けした浪人の根岸十兵衛を捜していた。

高村は、柳原《やなぎわら》通りを来る長次に気が付いた。そして、長次の後から来る編笠に軽衫袴の武士が気になった。

「伊佐吉、長次だ……」

高村は、伊佐吉に告げた。

伊佐吉は、高村の視線を追った。

「伊佐吉、長次の後ろから来る編笠に軽衫袴、尾行ているんじゃあねえのか……」

「……」

高村は眉をひそめた。

「長さんをですか……」

伊佐吉は戸惑った。

「ああ。きっとそうだ……」

高村は見定めた。

編笠に軽衫袴の武士は、何故に長次を尾行るのか……。

高村は、その理由が知りたかった。

「どうしますかね」

「俺が邪魔をする。伊佐吉は編笠に軽衫袴の素性を突き止めろ」

「承知……」

伊佐吉は物陰に隠れた。

長次は、両国広小路の雑踏を高村の佇んでいる両国橋の橋番所に向かって進んだ。

編笠に軽衫袴の武士は、長次を尾行た。

長次は、橋番所の前に佇んでいる高村に背後を目配せした。

高村は、僅《わず》かに頷いた。

長次は、編笠に軽衫袴の武士の尾行に気が付いている。

高村は知った。そして、通り過ぎる長次を見送り、追って来た編笠に軽衫袴の武士の前に進み出た。

「待て……」

高村は、編笠に軽衫袴の武士を見据えた。

編笠に軽衫袴の武士は、高村を無視して長次を尾行ようとした。

「その面《つら》、見せて貰おう」

高村は、十手で編笠を弾《はじ》きあげた。

「何をする」

編笠に軽衫袴の武士は跳び退き、刀の柄を握って身構えた。

行き交う人が驚き、遠巻きにした。

「こっちは役目で面を検《あらた》めているんだ。その面、見せられねえってんなら、腕尽くで大番屋に来て貰うぜ」

高村は云い放った。

「おのれ……」

編笠に軽衫袴の武士は、思わず刀の鯉口を切った。

編笠に軽衫袴の武士は、定町廻り同心と騒ぎを起こして素性が露見するのを恐れた。

拙い……。

遠巻きにしていた人々は、恐ろしそうに後退《あとずさ》りをした。

高村は十手を構えた。

「面白い、やるか……」

既に尾行ていた男は、その姿を消している。

これ迄だ……。

編笠に軽衫袴の武士は、刀を元に戻して身を翻した。

遠巻きにして見ていた人々は、慌てて道を開けた。

編笠に軽衫袴の武士は、足早に立ち去った。

高村は、苦笑しながら見送った。

長次が傍《そば》に来た。

「高村の旦那、野郎を追います」

「それには及ばねえ。伊佐吉が追っている」

「親分が……」

「ああ。で、何処の誰だい」

「そいつが、根岸の島抜けを平八郎さんに報せに仕事先の旗本屋敷に行ったんですが、出掛けていましてね。その帰りから……」

長次は眉をひそめた。

「編笠野郎に尾行られたか……」

高村は読んだ。

「ええ……」

「って事は、旗本屋敷を見張っていたのかな」

「きっと……」

長次は頷いた。

「じゃあ、平八郎の旦那、仕事絡みで又危ない事に巻き込まれているのかもしれねえな」

高村は読んだ。

「ええ……」

「忙しい人だぜ。ま、編笠野郎の素性は、伊佐吉が突き止めて来るだろうぜ」

高村は笑った。

両国広小路は、何事もなかったかのように賑わい続けた。

大和国芝村藩《やまとのくにしばむらはん》江戸上屋敷の門前を南に進むと、白金台町《しろかねだいまち》の道に出る。

白金台町は、肥後国熊本藩《ひごのくにくまもとはん》江戸中屋敷の西南にあり、一丁目から十一丁目まである。そして、六軒茶屋町《ろっけんちゃやまち》、永峯町《ながみねちょう》と続いて権之助坂《ごんのすけざか》と行人坂《ぎょうにんざか》に分かれる。

行人坂を下りて目黒川を渡り、田畑の間を進むと目黒不動滝泉寺になる。そして、その目黒不動滝泉寺に徒目付組頭の加納弥一郎がいる。

平八郎は、その加納弥一郎に書状を渡す為、妻の由衣に雇われた。

平八郎は、三田寺町から芝村藩江戸上屋敷の門前を抜けて白金一丁目の通りに出た。

長く続く白金台の通りには、町屋が左右に僅かに続くだけで寺と大名家下屋敷と田畑が多かった。そして、目黒不動の参拝客が僅かに行き交っていた。

編笠に軽衫袴の武士が、書状を狙って何処で襲って来ても不思議はない。

由衣に頼まれた書状を、夫の加納弥一郎に何としてでも届ける。

それが、運び屋として一日一朱で雇われた平八郎の仕事なのだ。

平八郎は、白金一丁目の通りに踏み出した。
風が吹き抜け、通りに土埃《つちぼこり》が僅かに舞い上がった。
平八郎は足早に進んだ。
竹笛《たけぶえ》の音が短く鳴り響いた。
平八郎は、竹笛の鳴った背後を見た。
編笠に軽衫袴の武士が背後におり、刀を抜き払って平八郎に走った。
現れた……。
平八郎は身構えた。
数人の編笠に軽衫袴の武士が、左右の寺から現れて刀を抜いて殺到《さっとう》した。
囲まれる……。
平八郎は、地を蹴って走った。
編笠に軽衫袴の武士たちは、刀を煌《きら》めかせて平八郎に追い縋った。
平八郎は、追い縋る編笠に軽衫袴の武士に振り向き態《ざま》の抜き打ちを鋭く放った。
血が飛び散った。

追い縋った編笠に軽衫袴の武士は、抜き打ちの一刀を浴びて地面に叩き付けられた。
平八郎は、続く編笠に軽衫袴の武士を下段から斬り上げた。
続く編笠に軽衫袴の武士は、下腹を斬られて大きく仰け反り倒れた。
残る武士たちが、平八郎に襲い掛かった。
平八郎は、容赦なく刀を煌めかせた。
残る武士は、血を振《ふ》り撒《ま》いて次々に倒れた。
平八郎は闘《たたか》った。
竹笛の音が、再び短く鳴り響いた。
残る武士は一斉に退き、左右の寺に消えた。
平八郎は、刀を提《さ》げたまま辺りを油断なく窺った。
刀の鋒から血が滴《したた》り落ちた。

三

神田川の流れは光り輝いていた。

編笠に軽衫袴の武士は、神田川沿いの淡路坂《あわじざか》を上がり、太田姫稲荷《おおたひめいなり》の前の旗本屋敷に入った。

伊佐吉と下っ引の亀吉は見届けた。

旗本屋敷は表門を閉じていた。

伊佐吉は、隣りの屋敷の表門の前を掃除していた中間《ちゅうげん》に声を掛けた。

「つかぬ事を御伺いしますが、お隣りは篠山《しのやま》さまの御屋敷でしょうか……」

「いいえ。お隣りは桑原《くわばら》さまの御屋敷にございますよ」

中間は、掃除の手を止めた。

「桑原さま……」

「ええ……」

「桑原さまと仰いますと……」

伊佐吉は、中間に素早く小粒を握らせた。

「こりゃあ……」

中間は、戸惑いながらも小粒を握り締めた。

「で、桑原……」

伊佐吉は、中間を促《うなが》した。

「桑原主膳《しゆぜん》さまです」

「桑原主膳さま、御役目は……」

「御目付《おめつけ》ですよ」

「御目付……」

「はい……」

「そうですか、御目付ですか……」

目付は、若年寄《わかどしより》に直属して旗本の監察を役目とし、十人程いた。

桑原主膳は、その十人いる目付の一人なのだ。そして、編笠に軽衫袴の武士は、目付配下の徒目付か黒鍬之者《くろくわのもの》なのだ。

そんな奴が、どうして長次を尾行ていたのか……。

そして、それは平八郎の今日の仕事に拘わりがあるのか……。

伊佐吉は眉をひそめた。

「親分、じゃあ、あの編笠の野郎、御目付さまの配下なんですかね」

亀吉は、困惑を浮かべた。

「うむ。亀吉、俺は編笠を見張る。お前は此の事を高村の旦那と長さんに報せな」

「承知しました。じゃあ……」

亀吉は、淡路坂を駆け下りて行った。

伊佐吉は、太田姫稲荷の境内に入って桑原屋敷の見張りに就いた。

境内の赤い幟旗《のぼりばた》が、風に吹かれてはためいた。


築地木挽町《つきじこびきちょう》五丁目にある旗本屋敷の前には、町駕籠が待っていた。

旗本屋敷の潜り戸から、御高祖頭巾を被った由衣と宇平が出て来た。

「奥さま、どうしてもお出《い》でになりますか……」

宇平は、心配そうに白髪眉をひそめた。

「はい。旦那さまが御目付の阿部兵部《あべひょうぶ》さまに何もかもお報せした今、矢吹さまの御役目は終わりました。此のまま放っては置けませぬ。一刻も早く事実を話して、お詫びしなければなりませぬ」

由衣は、真剣な面持ちで告げた。

「ならば、手前が……」

「宇平、矢吹さまは命懸けで働いて下さっている筈です。お願いした私が行ってお詫びするのが人の道と申すもの……」

「お前も頼みますよ」

「宇平、旦那さまの事は阿部さまに呉々も宜しくお願いしました。お前も頼みますよ」

「はい。奥さま、どうあっても……」

「ですが……」

「ええ。では、目黒不動に急いで下さい」

由衣は、宇平の心配をよそに町駕籠に乗り、駕籠舁《かき》に行き先を告げた。

「へい。じゃあ……」

駕籠舁は、由衣の乗った町駕籠の垂れを下ろして目黒不動に向かった。

「奥さま……」

宇平は、不安げに由衣の乗った町駕籠を見送った。

白金台の通りは、おそらく編笠に軽衫袴の武士たちによって固められている。

平八郎は睨んだ。

どうする……。

此のまま進んで編笠に軽衫袴の武士たちを斬り棄てて押し通るか、それとも迂《う》回《かい》して振り切るしかない。

平八郎は、白金台の通りを進みながら想いを巡らせた。

行く手の西側に讃岐国高松藩《さぬきのくにたかまつはん》江戸下屋敷が見えた。

高松藩江戸下屋敷の前を通り過ぎると、六軒茶屋町、永峯町と続いて権之助坂と行人坂の二つに分かれる。

目黒不動は行人坂の先にある。

行人坂を行けば、行き先は目黒不動だと容易に見定められる。

ならば……。

平八郎は、己の動きを決めて先を急いだ。

編笠に軽衫袴の武士たちは、平八郎の動きに合わせて移動している筈だ。

平八郎は、辺りを警戒しながら足早に進み、高松藩江戸下屋敷の門前を通って六軒茶屋町に入った。そして、永峯町に進んだ時、編笠に軽衫袴の武士たちが現れ、刀を煌めかせて平八郎に殺到した。

平八郎は、永峯町の通りを走った。

正面から来た編笠に軽衫袴の武士が、猛然と平八郎に斬り掛かった。

斬り抜ける……。

平八郎は、刀を抜き打ちに一閃させて走り続けた。

正面から迫った編笠に軽衫袴の武士は、血を振り撒いて倒れた。

平八郎は走り続けた。

振り返りもせずに永峯町の通りを走り抜け、分かれ道を権之助坂に入った。

編笠に軽衫袴の武士たちは、平八郎を追って権之助坂に走った。

平八郎は、目黒不動が行き先だと知られるのを恐れて行人坂ではなく、権之助坂に進んだのだ。

権之助坂を下って目黒川を渡り、広がっている田畑で編笠に軽衫袴の武士たちを何とか始末する。

平八郎は、それから目黒不動に行く事に決めていた。


平八郎は、権之助坂を駆け下りた。

権之助坂の左右には緑の田畑が広がり、目黒川を渡った先には金毘羅大権現《こんぴらだいごんげん》がある。

金毘羅大権現から目黒不動に行くには、二通りの道筋がある。

道筋の一つは、金毘羅大権現の手前にある大鳥大明神《おおとりだいみようじん》の前の道を東に進む。

もう一つは、金毘羅大権現門前を東に進んで目黒不動の裏手に続く道筋だ。

平八郎は、権之助坂から金毘羅大権現迄の道の左右の田畑と雑木林《ぞうきばやし》で編笠に軽衫袴の武士たちを始末すると決めていた。

編笠に軽衫袴の武士たちは、平八郎に追い縋った。

平八郎は、目黒川に架かった古く狭《せま》い橋の上で立ち止まり、振り返った。

編笠に軽衫袴の武士たちは、猛然と平八郎に迫った。

平八郎は、刀を一振りした。

刀を濡《ぬ》らしていた血が飛んだ。

平八郎は、刀を無造作に提げて編笠に軽衫袴の武士たちの攻撃を待った。

編笠に軽衫袴の武士たちの攻撃は、古く狭い橋の上では正面からしか出来ない。

平八郎は、背後と左右からの攻撃を警戒する必要はないのだ。

編笠に軽衫袴の武士たちは、平八郎に正面から斬り掛かった。

平八郎は僅かに腰を沈め、刀を真《ま》っ向《こう》から斬り下げた。

編笠に軽衫袴の武士の一人目は、編笠ごと斬り下げられて倒れた。

神道無念流の鮮《あざ》やかな一刀だった。

編笠に軽衫袴の武士たちは、正面から平八郎に次々に斬り付けた。

平八郎は斬り結ばず、只《ただ》一刀で斬り棄てた。

編笠に軽衫袴の武士たちは怯んだ。

平八郎が古く狭い橋の上にいる限り、背後左右から斬り付ける事は出来ず、仲間と息を合わせた攻撃は出来ない。

竹笛の音が短く鳴った。

編笠に軽衫袴の武士たちは、一斉に退いて茂みや木立の陰に姿を隠した。

平八郎は、橋の上で死んでいる編笠に軽衫袴の武士の懐紙を取り、刀に拭いを掛けた。そして、古く狭い橋を進んで目黒川を渡り、田畑の奥に見える雑木林に走った。


「目付の桑原主膳の屋敷……」

高村源吾は眉をひそめた。

「はい。それで親分は、編笠の野郎を御目付配下の徒目付か黒鍬之者じゃあないかと……」

亀吉は告げた。

「徒目付か黒鍬之者だとしたら、只事じゃあねえな……」

高村は、厳しさを滲ませた。

「ええ。高村の旦那、睨み通り、平八郎さんは面倒に巻き込まれたようですね」

「ああ。さあて、どうするか……」

「旦那、平八郎さんを雇った旗本の加納さんがどんな人なのか、口入屋の万吉さんに詳しく訊いて来ます」

長次は身を乗り出した。

「よし。俺も行くぜ」

「はい。亀、此の事を親分にな……」

「承知。じゃあ、御免なすって……」

亀吉は走り去った。

「よし。長次、行くぜ」

「はい……」

高村と長次は、明神下の口入屋『萬屋』に向かった、
雑木林は、金毘羅大権現の横手に続いている。

平八郎は、雑木林の中を金毘羅大権現に急いだ。

編笠に軽衫袴の武士たちが、追って来る気配はない。

漸く撒いたか……。

平八郎は、辺りを警戒しながら雑木林の中を急いだ。


明神下の通りは、不忍池と神田川に架かっている昌平橋の間を結び、多くの人々が行き交っていた。

長次は、南町奉行所定町廻り同心の高村源吾と口入屋『萬屋』を訪れた。

「お邪魔しますぜ」

「これはこれは……」

万吉は、長次と高村に気付いて帳場から框に出て来た。

「万吉さん、こちらの高村の旦那が訊きたい事があるそうでしてね。お連れしましたよ」

長次は、万吉に高村を引き合わせた。

「そうですか。只今、お茶を……」

万吉は腰を浮かせた。

「万吉、それには及ばねえ」

高村は遮《さえぎ》った。

「は、はい。では高村さま、何でございましょうか……」

万吉は、狸面に微かな不安を滲ませた。

「うむ。万吉、旗本の加納弥一郎さんは公儀の御役目に就いているな」

「は、はい……」

「どんな御役目だい」

「それは……」

万吉は、言葉を濁《にご》した。

「万吉……」

高村は万吉を見据えた。

「は、はい……」

「今、平八郎は公儀目付の配下と命の遣り取りをしているかもしれねえ」

高村は、万吉に厳しく告げた。

万吉の狸面に狼狽《ろうばい》が過《よぎ》った。

「万が一の事がなきゃあ良いんですが。ねえ、万吉さん……」

長次は、暗い眼で万吉を見詰めた。

「え、ええ……」

万吉は頷いた。

「して万吉、加納さんの御役目、何なんだい」

高村は、再び尋ねた。

「徒目付組頭です……」

万吉は告げた。

「高村の旦那。それじゃあ、御目付の配下の編笠の野郎、徒目付組頭を見張っていた事になりますね」

長次は、戸惑いを浮かべた。

「ああ……」

高村は眉をひそめた。

徒目付は徒目付組頭の配下であり、仲間と云っていいのだ。

仲間を見張る……。

高村と長次は、その異常さを知った。

「万吉、仔細《しさい》を知っているなら教えて貰おう。もし、知らぬと惚《とぼ》けるなら、大番屋でじっくり聞かせて貰うぜ」

高村は、冷笑を浮かべた。

「高村さま。加納弥一郎さまは、或《あ》る御目付の悪行を秘かに探り、漸くその証拠を摑んだのでございます。ですが、或る御目付は加納さまの探索に気付き、配下の者共に証拠を奪い盗《と》れと命じたようでして、加納さまは襲われて深手を負い、それで奥方の由衣さまが、腕の立つ人を雇いたいと、手前に……」

万吉は、事の次第を語った。

「それで、平八郎さんですか……」

長次は読んだ。

「ええ……」

「で、平八郎は何をしているんだ」

「そこ迄は……」

万吉は、首を横に振った。

「高村の旦那、或る御目付ってのは桑原ですね」

「ああ……」

長次と高村は、目付の桑原主膳配下の者たちが徒目付組頭の加納弥一郎を見張っている理由を知った。

「して万吉、お前と加納家はどのような拘わりなんだい」

口入屋にそれだけの事情を話したのは、加納家と万吉が只の間柄ではないからだ。

高村は読んだ。

「昔、手前は加納家の奥方由衣さまの御実家のお父上さまのお世話になった事がありまして、それで……」

「成る程。さあて、どうする長次……」

「はい。あっしはもう一度、加納さまの御屋敷に行ってみます」

「よし。俺も付き合うぜ」

長次と高村は、本郷弓町の加納屋敷に行ってみる事にした。

金毘羅大権現の境内に参拝客は疎《まば》らだった。

平八郎は、雑木林を抜けて金毘羅大権現の横手から境内を窺った。

広い境内の疎らな参拝客の中に、編笠に軽衫袴の武士はいなかった。だが、姿形を変えているか、自分と同じように物陰に潜んで窺っているのかもしれない。

油断はできない……。

平八郎は、金毘羅大権現の広い境内に入らず、田畑の中を門前に向かった。


目黒不動は、雑木林に囲まれている。

平八郎は、金毘羅大権現脇の田畑に潜んで目黒不動の裏を眺《なが》めた。

田畑の向こうに雑木林があり、目黒不動の大屋根が見えた。

漸く辿り着く……。

平八郎は、懐にある油紙に包んだ書状を押さえて確かめた。

この書状を目黒不動にいる加納弥一郎に渡せば、一日一朱の仕事は終わる。

平八郎は、微かな安堵を浮かべて金毘羅大権現門前の通りを見廻した。

金毘羅大権現門前の通りには、参拝客や土地の百姓の姿が僅かに見えるだけであり、編笠に軽衫袴の武士は何処にも見えなかった。

平八郎は、金毘羅大権現の門前から目黒不動の裏手に続く田舎《いなか》道を眺めた。

田畑の間にある細い田舎道には、行き交う者はいない。

いまだ……。

平八郎は田畑を出た。そして、通りを素早く横切り、目黒不動の裏の雑木林に続く田畑に走り込んだ。

目黒不動の裏手に続く田舎道を嫌い、田畑の中を行く。

平八郎はそう決め、目黒不動の裏の雑木林に向かって田畑の中を足早に進んだ。

空を切る音が短く鳴った。

平八郎は咄嗟に伏せた。

頭上を半弓の矢が過り、田畑に突き刺さった。

編笠に軽衫袴の武士……。

撒けなかった。

平八郎は、編笠に軽衫袴の武士たちを撒き切れなかったのを思い知らされた。

そして、半弓の矢の射《い》られた処を探した。だが、周りの田畑には、編笠に軽衫袴の武士は見えなかった。

平八郎は、伏せた状態から跳ね起き、目黒不動の裏の雑木林に走った。

数本の半弓の矢が、左右から平八郎に飛来した。

平八郎は、飛び込むように田畑に伏せた。

数本の矢は、平八郎の走り抜けた跡に突き刺さった。

目黒不動は眼の前だ。

平八郎は、目黒不動に近付いた。

四

編笠に軽衫袴の武士たちは、平八郎の剣を恐れ、半弓を使って離れて攻撃してきた。
動けば半弓の矢が射られる……。
平八郎は、目黒不動の裏の雑木林の近く迄来て釘付けにされた。
おのれ……。
雑木林に逃げ込めば、見通しの良い田畑と違って半弓は使い難い。
とにかく雑木林だ……。
平八郎は、田畑に伏せてその機会を窺った。
風が吹き抜け、田畑の緑が揺れた。
いまだ……。
平八郎は田畑を蹴った。
編笠に軽衫袴の武士たちが、平八郎の周囲に現れて半弓の矢を射た。

平八郎は走った。

半弓の矢は、平八郎の駆け抜けた後を飛び交った。

平八郎は、目黒不動の裏の雑木林に逃げ込み、木の陰に潜んだ。

次の瞬間、数本の矢が平八郎の潜んだ木に突き立って胴震いをした。

平八郎は、間髪を入れずに雑木林の奥に走った。

半弓の攻撃はどうにか躱した。

平八郎は、雑木林の中を進んで目黒不動の裏に近付いた。


太田姫稲荷の赤い幟旗は風にはためいていた。

伊佐吉と亀吉は、桑原屋敷を見張り続けていた。

旗本屋敷街の奥から、一人の武士が小走りにやって来た。

「親分……」

「うん……」

伊佐吉と亀吉は見守った。

小走りにやって来た武士は、桑原屋敷の潜り戸を叩いた。

潜り戸の小窓が開き、門番が顔を見せた。

「御公儀御目付阿部兵部さまがお見えだ。急ぎ表門を開けられよ」

武士は、門番に告げた。

武家屋敷街の奥から、腰黒駕籠が供侍と役人たちを従えてやって来た。

桑原屋敷は表門を開けた。

腰黒駕籠は供侍と役人たちを従え、開けられた表門から桑原屋敷に入って行った。

「親分……」

亀吉は、緊張を滲ませた。

「ああ、何かがあったんだ」

伊佐吉は眉をひそめた。

「親分……」

長次と高村源吾が、淡路坂を足早にあがって来た。

「高村の旦那……」

伊佐吉と亀吉は迎えた。

長次と高村は、本郷弓町の加納屋敷に廻ったのだが誰もいなく、伊佐吉と亀吉の許《もと》にやって来たのだ。

「どうだ、変わった事はねえか……」

高村は、桑原屋敷を見ながら伊佐吉と亀吉のいる太田姫稲荷の境内に入って来た。

「はい。たった今、御目付の阿部兵部さまがやって来ました」

「御目付の阿部兵部……」

高村は眉をひそめた。

「はい。御存知ですか……」

「ああ。吟味《ぎんみ》方与力の結城半蔵《ゆうきはんぞう》さまと昵懇《じっこん》の方でな。清廉潔白《せいれんけっぱく》で剛直《ごうちょく》、同じ目付にも容赦はなく、支配の若年寄の信任も厚いそうだ」

「そんな方ですか……」

「ああ。その阿部兵部がわざわざ来たとなると、桑原主膳の悪行、露見したのかもしれねえな」

高村は、嘲《あざけ》りを浮かべてそう読んだ。

平八郎は、雑木林の奥に進んだ。

目黒不動の裏塀が、雑木林の奥に見えた。

平八郎は、目黒不動の裏塀に近付いた。
刹那、空を切る音が響いた。
平八郎は、咄嗟に木の陰に隠れた。
半弓の矢が、平八郎の隠れた木の幹に突き立った。
平八郎は、半弓の矢を射た編笠に軽衫袴の武士を見定め、猛然と走った。
編笠に軽衫袴の武士は、半弓に次の矢を番《つが》えようと急いだ。
平八郎は駆け寄り、抜き打ちの一刀を鋭く放った。
編笠に軽衫袴の武士は、矢を番えようとしていた半弓と共に斬り棄てられた。
空を切る音が、再び響いた。
平八郎は、咄嗟に斬り棄てた編笠に軽衫袴の武士を抱き起こした。
半弓の矢が、抱き起こした武士の胸に突き刺さった。
平八郎は地を蹴り、二の矢を番えようとしている編笠に軽衫袴の武士に迫った。
編笠に軽衫袴の武士は、半弓と矢を放り出して逃げた。
平八郎は追い縋り、その背に袈裟懸けの一刀を浴びせた。
編笠に軽衫袴の武士は、大きく仰け反り倒れた。

平八郎は、編笠に軽衫袴の武士の死を見定め、血に濡れた刀を一振りして刃を見詰めた。

刃の血は粘《ねば》りついていた。

幾《いく》ら血を拭っても斬れ味は鈍《にぶ》る。

平八郎は、編笠に軽衫袴の武士の着物の裾《すそ》で刀を拭って鞘に納めた。そして、武士の腰の刀を取って抜いた。

刀は鈍く輝いた。

平八郎は、自分の刀の他に編笠に軽衫袴の武士の刀を手にして立ち上がった。

目黒不動の裏塀は続いていた。

平八郎は、裏塀を乗り越えて目黒不動に入った。

目黒不動には、僧侶《そうりょ》たちの読む経が響いていた。

平八郎は、参拝客の多くがいる本堂の周辺を嫌い、広い境内に向かって斜面を下りた。

殺気が頭上から浴びせられた。

平八郎は振り向き、斜面を見上げた。

編笠に軽衫袴の武士が刀を翳《かざ》し、斜面の上から平八郎に飛び掛かった。

平八郎は、奪った刀を横薙《な》ぎに抜き放った。

刀は煌めき、飛び掛かった編笠に軽衫袴の武士の下腹を斬り裂いた。

平八郎は、斜面に素早く身を預けた。

編笠に軽衫袴の武士は、斬られた下腹を血に濡らして平八郎の上を飛び抜け、斜面を転げ落ちた。

平八郎は、斜面に身を預けたまま周囲の気配を窺った。

殺気は勿論、人の気配はない……。

平八郎は見定めた。

これで終わりか……。

平八郎は、そうなる事を願って斜面を降りた。

僧侶たちの読む経は続いていた。


目黒不動の広い境内では、参拝客が茶店で茶を飲み、散策を楽しんでいた。

書状を届ける相手の加納弥一郎は、この目黒不動の何処かにいるのだ。

書状を届け、仕事を終える……。

平八郎は、加納弥一郎の居場所を尋ねに庫裏《くり》に向かった。

御高祖頭巾を被った武家の妻女が、庫裏の前に一人佇んでいた。

平八郎は、御高祖頭巾の武家の妻女に気付いて戸惑った。

由衣どの……。

御高祖頭巾の武家の妻女は、雇い主である旗本加納弥一郎の妻の由衣に似ていた。

だが、由衣は本郷弓町の屋敷にいる筈だ。

他人の空似か……。

平八郎は、庫裏に向かった。

「矢吹さま……」

御高祖頭巾の武家の妻女は、平八郎に土下座した。

平八郎は驚いた。

「矢吹さま、加納由衣にございます」

御高祖頭巾の武家の妻女は、平八郎を見上げて告げた。

「やはり、由衣どのでしたか……」

平八郎は眉をひそめた。

「はい。矢吹さま、申し訳ございませぬ」

由衣は、土下座したまま詫びた。

「由衣どの、何がどうなっているのです。加納弥一郎どのは何処にいるのです」

平八郎は尋ねた。

「夫加納弥一郎は、目黒不動にはおりませぬ」

「いない。ならば、既に別の処に……」

「いいえ。矢吹さま、加納は最初から此処にはいなく、本郷弓町の屋敷にいたのです」

「何ですと……」

平八郎は眉をひそめた。

「ならば、この書状は……」

平八郎は、懐から油紙に包まれた書状を取り出した。

「何も書いていない贋物《にせもの》にございます」

「贋物……」

平八郎は困惑した。

「はい……」

由衣は頷いた。

何かある……。

平八郎は、本郷弓町から目黒不動に贋の書状を運んだ事に秘められた企《くわだ》てがあるのに気付いた。

「由衣どの、仔細を話して戴こう」

平八郎は、由衣を厳しく見詰めた。


茶店の老亭主は、平八郎と由衣を奥の部屋に案内し、茶を置いて出て行った。

平八郎は、喉を鳴らして茶を飲み干した。

由衣は、頭巾を取って項《うな》垂《だ》れていた。

「さあて、由衣どの、事の次第を詳しく話して下さい」

平八郎は、空になった湯呑茶碗を置いた。

「はい。矢吹さま、実は……」

由衣は、夫の徒目付組頭加納弥一郎が、目付の桑原主膳の悪行を探っていた事を話し始めた。

目付の桑原主膳は、配下の者たちに大身旗本の弱味を探らせて強請たかりを働いていたのだ。

加納弥一郎は、その確かな証拠を摑んだが桑原の配下に襲われ、深手を負って屋敷に逃げ帰った。そして、剛直な目付の阿部兵部に桑原の悪行の証拠を届けようとした。しかし、加納屋敷は既に桑原の配下の徒目付たちが見張り、加納は動きが取れなくなったのだ。

加納弥一郎と由衣夫婦、下男の宇平は相談した。そして、剣の腕の立つ者を雇って囮《おとり》にし、桑原の配下の徒目付たちを加納屋敷から引き離す事に決めた。

「引き離す囮が私ですか……」

平八郎は苦笑した。

「申し訳ございません。万吉さんに御推挙戴いたもので……」

狸親父がいらぬ推挙をしやがって……。

平八郎は、万吉の狸面を思い浮かべ、腹の中で罵った。

「で、萬屋の万吉とは、どのような拘わりなのですか……」

「万吉さんは、私の実家に出入りをしていまして……」

「そうでしたか……」

「はい」

「して、加納どのは、目付の阿部兵部に桑原主膳の悪行の証拠を届けられたのですか……」

「はい。矢吹さまが見張りを引き離してくれたお陰で、無事に……」

「そうですか。そいつは良かった」

平八郎は笑った。

笑うしかなかった。

「騙して申し訳ございませぬ。矢吹さま、どうぞ私をお手討ちにして、お怒りをお鎮《しず》め下さいませ」

由衣は、手をついて頭を下げた。

「それには及びませんよ」

平八郎は苦笑した。

「矢吹さま……」

「私は、一朱で書状を目黒不動に届けるように頼まれた運び屋。役目を果たせば仕事は終わりです」

平八郎は、油紙に包んだ書状を由衣に差し出した。

「ならば、この書状、確かにお届けしました。加納弥一郎どのにお渡し下さい」

「矢吹さま……」

「此処の茶は御馳走《ごちそう》になります。じゃあ、御免《ごめん》……」

平八郎は、由衣を残して部屋を出た。

「申し訳ございませぬ。お許し下さい……」

由衣は、平伏して平八郎を見送った。


平八郎は、目黒不動を後にした。

行人坂を上がり、白金から三田に抜けて来た道を戻る。

平八郎の足取りは重かった。

五体には、疲れと虚《むな》しさが満ちている。

平八郎は、目黒川に架かっている太鼓橋の上に佇んだ。

一日一朱の運び屋の仕事は終わった。

目黒川は光り輝き、緑の田畑の中をゆっくりと流れていた。

平八郎は、眩《まぶ》しげに眼を細めて眺めた。

緑の田畑を吹き抜けた風は、平八郎の鬢《びん》の解《ほっ》れ髪《がみ》を揺らした。

日が暮れた。

神田明神門前町の盛《さか》り場は、酔客で賑わい始めていた。

居酒屋『花や』は、暖簾を夜風に揺らしていた。

長次は、居酒屋『花や』の暖簾を潜った。


居酒屋『花や』に客は少なかった。

「いらっしゃいませ……」

女将のおりんは、長次を迎えた。

「来ていますか……」

「ええ。奥の衝立《ついたて》の陰に。何だか知らないけど、随分《ずいぶん》と疲れている様子ですよ」

おりんは、奥の衝立を一瞥《いちべつ》した。

「そうですか。じゃあ、酒と肴《さかな》を頼みます」

「はい……」

おりんは、板場に入った。

長次は、奥の衝立に向かった。

「お邪魔しますよ」

長次は、奥の衝立の陰で酒を飲んでいる平八郎に声を掛けた。

「やあ……」

平八郎は、疲れた顔に小さな笑みを浮かべた。

「大変だったようですね」

長次は、平八郎の向かいに座った。

「ええ。酷《ひど》い一日でしたよ」

平八郎は苦笑した。

「お待たせしました」

おりんが、酒と肴を持って来た。

長次と平八郎は、互いに酌《しやく》を仕合って酒を飲んだ。

「じゃあ、その酷い一日ってのを、聞かせて貰いましょうか……」

長次は笑った。

「ええ……」

平八郎は酒で喉を潤《うるお》し、徒目付たちと斬り合いながら目黒不動に贋の手紙を運んだ顚末《てんまつ》を話した。

「そいつは大変な目に遭いましたね」

長次は、平八郎に同情した。

「ええ……」

平八郎は、手酌で酒を飲んだ。

「で、高村の旦那に聞いたんですがね。目付の桑原主膳、強請たかりの悪行が露見して御役御免の上、閉門蟄居《ちっきょ》となり、配下の徒目付たちも捕まったそうですぜ」

「閉門蟄居ですか……」

平八郎は眉をひそめた。

「ま、何《いず》れは切腹だとか……」

長次は笑った。

「そうですか。そいつは良かった」

平八郎は酒を飲んだ。

「ええ。それから、五年前に平八郎さんに叩きのめされて島流しになった根岸十兵衛、覚えていますか……」

長次は話題を変えた。

「はい。無頼の者共を集めて強請たかりを働いていた悪党ですね」

平八郎は、根岸十兵衛を覚えていた。

「その根岸十兵衛、島抜けをして江戸に潜り込んだそうです」

「島抜け……」

「ええ。平八郎さんに恨みを晴らすと云っていたそうです。気を付けて下さい」

長次は眉をひそめた。

「分かりました」

平八郎は頷き、長次に酌をして酒を飲んだ。

居酒屋『花や』は、馴染客で賑わい始めた。


明神下の通りに行き交う人は途絶えた。

夜廻りの木戸番の打つ拍子木の音が、遠くから甲高《かんだか》く響いていた。

平八郎は、明神下の通りから裏通りに入った。

お地蔵長屋は、裏通りの先にある。

平八郎は、お地蔵長屋に向かった。そして、お地蔵長屋の木戸に近付いた時、夜の闇から殺気が放たれた。

殺気……。

平八郎は足を止め、殺気の放たれた闇を透《す》かし見た。

殺気は、大戸を閉めたお店《たな》の軒下の暗がりから放たれていた。

平八郎は、お店の軒下の暗がりを見据えた。

三度笠《さんどがさ》に縞《しま》の合羽《かっぱ》の渡世人《とせいにん》が、お店の軒下の暗がりから現れた。

「矢吹平八郎……」

渡世人は、三度笠の下から平八郎を見詰めた。

暗く荒《すさ》んだ眼だった……。

「根岸十兵衛か……」

平八郎は、暗く荒んだ眼の渡世人が、島抜けをして江戸に潜り込んだ根岸十兵衛だと気付いた。

根岸は、三度笠と縞の合羽を脱ぎ棄て、長脇差《ながどす》を抜き払った。

「わざわざ島抜けをして、江戸に死にに戻って来たか……」

平八郎は嘲笑を浮かべた。

「黙れ……」

根岸は、平八郎に猛然と斬り付けた。

平八郎は、刀を抜き打ちに放った。

閃光が走った。
根岸は凍《い》て付いた。
平八郎は、刀に拭いを掛けて鞘に納めた。
根岸は、喉元から血を振り撒いて斃《たお》れた。
「運が悪かったな、根岸。今夜の俺は気が立っている……」
平八郎は、冷たく云い棄てた。

第三話　付き馬

一

不忍池の弁天島は、祀《まつ》られた弁才天《べんざいてん》への参拝客で賑《にぎ》わっていた。

上野仁王門町にある料理屋『笹乃井』は、すべての座敷から弁天島を眺《なが》められた。

矢吹平八郎は、小部屋で茶を飲みながら不忍池の弁天島を眺めていた。

弁天島は不忍池の煌《きら》めきの向こうにあり、参拝客が行《ゆ》き交《か》っていた。

平八郎のいる小部屋は、板前や台所女中が忙しく働く台所の脇にあり、威勢《いせい》の良い声や皿や碗《わん》の当たる音が聞こえていた。

「浪人さん……」

若い仲居《なかい》が、平八郎のいる小部屋にやって来た。

「おう……」

「女将《おかみ》さんがお呼びですよ」

「出番かな……」

平八郎は、料理屋『笹乃井』の女将のおまさに雇われていた。

「きっと……」

若い仲居は、小さな笑みを浮かべた。

「よし……」

平八郎は、刀を手にして立ち上がった。

「溜《たま》りに溜った付けが全部で三十両と二分。それに今度のお勘定《かんじょう》が二両一分。〆《しめ》て三十二両三分。これが勘定書と付けの証文ですよ」

料理屋『笹乃井』の女将のおまさは、平八郎に勘定書と付けの証文を差し出した。

平八郎は、勘定書と付けの証文を一瞥《いちべつ》した。

「成《な》る程《ほど》。〆て三十二両三分か……」

平八郎は見定めた。

「ええ……」

おまさは頷《うなず》いた。

「して、この呉服商の松丸屋伊之吉《まつまるやいのきち》って若旦那《わかだんな》に付いて行って、三十二両三分の付けを払って貰《もら》ってくれれば良いのだな」

「ええ。伊之吉の若旦那、昨夜から芸者をあげてどんちゃん騒《さわ》ぎ、そのまま泊まってこれからお帰りでしてね」

「羨《うらや》ましい御身分だな」

平八郎は苦笑した。

「松丸屋の旦那とお内儀《ないぎ》さんも、伊之吉の若旦那が遊び人でそりゃあもう大変。尤《もっと》もそんな風に育てた親も悪いんですがね」

おまさは、皮肉っぽく笑った。

「女将さん、松丸屋の若旦那のお帰りです」

仲居が報《しら》せに来た。

「はい。じゃあ、矢吹の旦那、宜《よろ》しくお願いしましたよ」

おまさは、平八郎を促《うなが》して立ち上がった。

「心得た……」

平八郎は、おまさに続いた。

呉服商『松丸屋』伊之吉は、背のひょろりと高い二十歳《はたち》になったばかりの若旦那だった。

「おぬしが伊之吉の若旦那か、私は矢吹平八郎だ。松丸屋迄《まで》お供するぞ」

「えっ、浪人さんの付き馬ですか……」

伊之吉は驚いた。

「ああ。本職は駿河台の撃剣館の剣術使いだ。愚図愚図《ぐずぐず》抜かして惚《とぼ》けようものなら、容赦《ようしゃ》はしない。そう心得ろ」

平八郎は、伊之吉を脅《おど》した。

「へい。仰《おっしゃ》る迄もなく。桑原桑原《くわばらくわばら》……」

伊之吉は、笑いながら首を竦《すく》めた。

「よし。ならば参ろう……」

平八郎は、伊之吉を促した。

伊之吉は、付き馬の平八郎と共に松丸屋に帰るのに狼狽《うろた》える事もなく、屈託《くったく》のない足取りだった。

親を嘗《な》めているのか、度胸があるのか、鈍《にぶ》いのか……。

平八郎は首を捻《ひね》った。

呉服商『松丸屋』は、日本橋通南二丁目の式部小路《しきぶこうじ》の角にある。

平八郎と伊之吉は、下谷御成《おなり》街道に向かって下谷広小路の雑踏《ざっとう》を進んだ。

突然、若い女の悲鳴があがった。

伊之吉は、若い女の悲鳴があがった処《ところ》に走った。

「待て、若旦那……」

平八郎は、慌《あわ》てて追った。

伊之吉は、遠巻きにしている人々を掻《か》き分けて前に出た。

平八郎は続いた。

そこでは、三人の遊び人のような男たちが、倒れている若い職人を蹴飛《けと》ばしていた。

倒れている若い職人は、頭を抱えて転げ廻っていた。

「助けて。お願いです。誰か助けて下さい」

若い職人の連れらしき町娘が、傍《かたわ》らで半泣きで助けを求めていた。

若い職人と遊び人たちにどのような揉《も》め事があるのかは知らないが、一人に三人掛かりは許せる所業ではない。

止めに入るか……。

しかし、平八郎は迷い躊躇《ためら》った。

若旦那の伊之吉が、止めに入った隙《すき》にいなくなっては困る。

今日の仕事は付き馬だ……。

平八郎は、己《おのれ》に言い聞かせた。

三人の遊び人の若い職人への暴行は続き、町娘は泣きながら助けを求めた。

平八郎は、黙って見ていられなくなった。

「止《や》めろ」

次の瞬間、伊之吉が飛び出した。

わっ……。

平八郎は驚いた。

伊之吉は、遊び人たちを押し退《の》け、頭を抱えて倒れている若い職人を庇《かば》って立った。

「たった一人に三人で寄ってたかっての乱暴狼藉《ろうぜき》、卑怯《ひきょう》だぞ」

伊之吉は、甲高《かんだか》い声を震《ふる》わせて怒鳴《どな》った。

「だったら手前《てめえ》を入れて三対二だ」

遊び人は、伊之吉を殴《なぐ》り飛ばした。

伊之吉は、悲鳴をあげて無様《ぶざま》に倒れた。

「何処《どこ》の馬鹿《ばか》旦那か知らねえが、手前《てめえ》も道連れだぜ」

遊び人たちは、残忍な笑みを浮かべて倒れている伊之吉を蹴飛ばした。

伊之吉は頭を抱え、悲鳴をあげて転げ廻った。

これ迄だ……。

付き馬としては、三十二両三分の付けを払って貰わない内に、伊之吉の身に何かあっては拙《まず》い。

平八郎は進み出た。そして、伊之吉と若い職人を蹴飛ばしている二人の遊び人の襟首《えりくび》を鷲摑《わしづか》みにして引《ひ》き摺《ず》り倒し、残りの一人を投げ飛ばした。

三人の遊び人は無様に倒れた。

恐ろしげに見ていた人たちから拍手が湧《わ》き起こった。

「大丈夫か……」

平八郎は、倒れていた伊之吉と若い職人を助け起こした。

「野郎……」

三人の遊び人は熱《いき》り立ち、匕首《あいくち》を抜いて平八郎に猛然と突き掛かった。

平八郎は、三人の遊び人の匕首を素早く躱《かわ》し、容赦なく殴り、蹴り、投げ飛ばした。

叩《たた》きのめされた三人の遊び人は、足を引き摺って我先に逃げ出した。

見ていた人たちから笑いが湧き、罵声《ばせい》が飛んだ。

「新吉《しんきち》さん……」

助けを求めていた町娘が、若い職人に駆《か》け寄った。

「おさとちゃん……」

新吉と呼ばれた若い職人は、傷だらけの顔で町娘のおさとを迎えた。

「お助け下さいまして、本当にありがとうございました」

新吉とおさとは、平八郎に深々と頭を下げて礼を述べた。

「いや。礼には及ばん。大した怪我《けが》をしなくて何よりだ」

「はい……」

「で、なんだい。彼奴《あいつ》ら……」

伊之吉は、新吉とおさとに尋ねた。

「えっ。ええ、ちょいと……」

新吉は、おさとを見て言葉を濁《にご》した。

「私のお父《と》っつあんが金貸しからお金を借りて、期限迄に返せなくて、私に身売りをして金を作れと、無理矢理に……」

おさとは、蘇《よみがえ》る恐怖に震えた。

「女郎屋に連れて行こうとしたので、新吉が止めようとしたのか……」

平八郎は、三人の遊び人を金貸しの取立屋だと知った。

「はい。そうしたらあの態《ざま》でして……」

新吉は、悔《くや》しげに顔を歪《ゆが》めた。

「して、金貸しってのは、何処の誰だ」

「元鳥越町《もとどりごえちよう》の善兵衛《ぜんべえ》って金貸しです」

「元鳥越の金貸し善兵衛か……」

後で駒形の伊佐吉に報せ、乱暴な真似《まね》をするなと善兵衛に釘を刺す。

平八郎は決めた。

「よし。ならば新吉、おさとを連れて暫《しばら》く姿を隠しているんだな」

とにかく今は、付き馬の仕事を片付けるのが先決だ。

「は、はい……」

新吉は頷いた。

「若旦那、じゃあ行くぞ」

平八郎は、伊之吉を促した。

「それで、おさとちゃん、お父っつあんの借りた金ってのは、幾《いく》らなんだい」

伊之吉は、妙に懐《なつ》っこくおさとに訊《き》いた。

「十両です」

おさとは項垂《うなだ》れた。

「十両……」

伊之吉は戸惑《とまど》った。

「それに利息を入れたら全部で十五両です」

新吉は、腹立たしげに告げた。

「十五両か……」

伊之吉は、困惑を過《よぎ》らせた。

十五両は、伊之吉が料理屋『笹乃井』で遊んだ付けの半分にも満たない金だ。

「さあ、行け、新吉。おさとを連れて早く行け」

平八郎は促した。

「へ、へい……」

新吉は頷き、おさとの手を取って湯島天神《ゆしまてんじん》裏門坂道に向かおうとした。

「新吉さん、おさとちゃんを何処に連れて行くんだ」

伊之吉は、再び訊いた。

「へ、へい。あっしの親方の本郷の大工大吉《だいきち》の棟梁《とうりよう》の処に……」

「分かった。じゃあ……」

伊之吉は頷いた。

新吉とおさとは、雑踏の中を足早に立ち去った。

「あの二人、恋仲なんですねえ」

伊之吉は見送った。

「きっとな。行くぞ……」

平八郎は、伊之吉を促した。

「はい……」

伊之吉は頷き、平八郎に続いた。

下谷広小路から御成街道に進み、神田川に架《か》かっている筋違御門《すじかいごもん》を渡り、日本橋通りを行く。そして、日本橋通南二丁目式部小路の角に呉服商『松丸屋』はある。

平八郎と伊之吉は、神田川に架かる筋違御門を渡り、八ッ小路を日本橋の通りに向かった。

伊之吉は、何も喋《しやべ》らず深刻な面持《おもも》ちで平八郎の後に続いていた。

「どうした……」

平八郎は気になった。

「利息を入れて十五両ですか……」

伊之吉は、吐息混じりに洩《も》らした。

「ああ。若旦那が笹乃井で遊んだ付けの半分にもならぬ金で、おさとは苦界《くがい》に落ち、泥水《どろみず》を啜《すす》らなければならぬと云《い》う事だ」

平八郎は、厳しい面持ちで告げた。

「たった十五両でですか……」

伊之吉は眉《まゆ》をひそめた。

「ああ。若旦那にはたった十五両だが、普通の者には大金だ」

平八郎は、憮然《ぶぜん》たる面持ちで告げた。

「そうですか……」

「若旦那、お前が酒と料理に舌鼓《したつづみ》を打ち、芸者と面白可笑《おもしろおか》しく遊ぶ金の半分がなくて、酷《ひど》い惨《みじ》めな生涯を送る娘がいるのを肝《きも》に銘《めい》じるのだな」

平八郎は、伊之吉に云い聞かせた。

「平八郎の旦那、ちょいとお話があるんですが……」

伊之吉は、平八郎に真剣な眼を向けた。

「話……」

平八郎は眉をひそめた。

「はい……」

「何だ、話してみろ」

「旦那、こんな道端で出来る話じゃありません。ちょいと此《こ》の蕎麦《そば》屋で……」

伊之吉は、傍らの蕎麦屋に向かった。

「おい。待て……」

平八郎は、慌てて伊之吉を追った。

伊之吉と平八郎は、蕎麦屋の奥に座って盛り蕎麦を注文した。

「して、話とは何だ……」

平八郎は、伊之吉を促した。

「あの、手前の笹乃井の付けなんですが……」

伊之吉は、何処と無く楽しげだった。

「うん。三十二両三分がどうかしたか……」

「はい。そいつに十五両を足しちゃあくれませんか……」

「何……」

平八郎は戸惑った。

「三十二両三分に十五両を足して、四十七両と三分。そいつを付けの金額にしちゃあ戴《いただ》けませんか……」

伊之吉は、平八郎に手を合わせた。

「そして、足した十五両をおさとのお父っつあんの借金の返済に使う気か……」

平八郎は読んだ。

「流石《さすが》は平八郎の旦那、分かりが早いや。ねっ、良い考えでしょう」

伊之吉は、自慢げに笑った。

「それは出来ぬ相談だな」

平八郎は突き放した。

「えっ。どうして……」

「決まっているだろう。そんな真似をすれば、松丸屋を騙《だま》す事になる」

平八郎は、伊之吉を厳しく見据えた。

「良いんですよ。こんな事を云っちゃあなんですが、松丸屋にとって十五両の金はどうって事はありませんから……」

「だったら若旦那、お前が十五両を貰ってくれれば良いだろう」

「そりゃあそうなんですが、笹乃井の三十二両三分の付けを払わせて、直《す》ぐに十五両を出してくれとは……」

伊之吉は眉をひそめた。

「流石の若旦那も言い出せないか……」

「ま、そんな処でして。で、十五両を付けに上乗せをして戴こうって寸法で……」

伊之吉は笑った。

「おまちどおさま……」

小女《こおんな》が盛り蕎麦を持って来た。

「おう……」

平八郎と伊之吉は、盛り蕎麦を食べ始めた。

「若旦那、お前さんの実家の松丸屋はそれでも構わぬかもしれぬが、俺の雇い主の笹乃井は困る」

「でも、笹乃井の腹が痛む訳じゃあ……」

「だが、三十二両三分の付けを十五両水増しをし、偽《いつわ》りの付けを取り立てた事になる。そいつは、笹乃井の信用に拘《かか》わる一大事だ」

「ですが、そいつは手前と平八郎の旦那さえ黙っていれば、うちの親父と番頭は気付きませんし、笹乃井に知れる事もありませんよ」

伊之吉は、蕎麦を食べる箸《はし》を置いた。

「もし、松丸屋の旦那と番頭が、何かの折に笹乃井に行って知ったらどうする」

「大丈夫。うちの親父や番頭は、笹乃井には一切、出入りをしておりませんので……」

「ほう。そうなのか……」

「はい。ですから、うちの親父や番頭から笹乃井に洩れる心配はありません」

伊之吉は、己の言葉に嬉しげに頷いた。

「しかしなあ……」

平八郎は眉をひそめた。

「じゃあ、平八郎の旦那は、おさとちゃんが金貸し善兵衛の借金の形に身売りして、苦界に落ちても良いってんですか……」

伊之吉は、平八郎に怒りの眼を向けた。

「いや。良いとは云っていないさ」

平八郎は、伊之吉の怒りに苦笑した。

「それにこのままじゃあ、新吉がおさとちゃんを助けようと、取立屋の遊び人や金貸しの善兵衛を殺すかもしれません。そうさせない為にも、どうにかしなきゃあならないんです」

伊之吉は、熱っぽく語った。

「若旦那……」

平八郎は戸惑った。

「平八郎の旦那、手前は新吉とおさとちゃんを助けてやりたいのです。お願いです。どうか、手前の付けを増やして下さい」

伊之吉は、平八郎に頼んだ。

「付けを増やすのか……」

付けを減らせと頼まれる事はあっても、増やしてくれと頼まれる事は滅多《めった》にない。

平八郎は苦笑した。

「じゃあ、平八郎の旦那は、新吉とおさとちゃんを見殺しにするんですか。それで良いんですか。お願いです、平八郎の旦那……」

伊之吉は、懸命に頼んだ。

若旦那の伊之吉は、酒と女と金にだらしないが、存外悪い男ではないのかもしれない。

「よし。じゃあ、やってみるか……」

平八郎は、伊之吉の企てに乗る事に決めた。

「そうこなくっちゃあ……」

伊之吉は喜んだ。

「だが、若旦那、付けの三十二両三分に足す金は借りた金の十両だけだ」

平八郎は告げた。

「利息の五両はどうするんですか……」

伊之吉は、平八郎に怪訝《けげん》な眼を向けた。

「どうせ、いい加減な利息だ。私が金貸し善兵衛にいらないと納得させる」

平八郎は、不敵な笑みを浮かべた。

「そいつはいいや。じゃあ、手前の笹乃井の付けは四十二両と三分と云う事で……」

「うん。ならば、紙を用意して付けの証文を作り直そう」

「はい……」

伊之吉は、嬉しげに頷いて立ち上がろうとした。

「焦《あせ》るな、若旦那……」

「えっ……」

「先《ま》ずは蕎麦を食べてからだ……」

平八郎は、盛り蕎麦の残りをすすった。


平八郎と伊之吉は、紙を用意して付けの証文を作り直した。

呉服商『松丸屋』の若旦那伊之吉の付けは、四十二両三分となった。

平八郎は、作り直した付けの証文を懐《ふところ》に入れ、日本橋通南二丁目にある呉服商『松丸屋』に向かった。

若旦那の伊之吉は、屈託のない面持ちで進んだ。

付き馬を連れているとは、とても思えない軽く弾《はず》んだ足取りだった。

平八郎は苦笑した。

二

日本橋通南二丁目にある式部小路の角に呉服商『松丸屋』はあった。

呉服商『松丸屋』は、大名や大身《たいしん》旗本の御用達の金看板を掲《かか》げ、客で賑わっていた。

若旦那の伊之吉は、客の出入りしている呉服商『松丸屋』の表に佇《たたず》んで喉を鳴らした。

「どうした、若旦那……」

平八郎は、緊張を浮かべている伊之吉に声を掛けた。

「い、いいえ。別に……」

伊之吉は、喉を引《ひ》き攣《つ》らせた。

「付けの水増し、思い止《とど》まるか……」

付けの水増しは、強請《ゆすり》たかりではないが騙《かた》りの一種と云える。伊之吉が緊張し、躊躇《ためら》うのも無理はない。

「と、とんでもありません」

伊之吉は、慌てて否定した。

「後戻りは出来ぬぞ」

平八郎は念を押した。

「はい。やります」

伊之吉は、大きく深呼吸をして呉服商『松丸屋』に向かった。

平八郎は続いた。


「お帰りなさいませ」

手代《てだい》や小僧たち奉公人は、伊之吉を親しげに迎えた。そして、平八郎に戸惑ったような眼を向けて会釈《えしゃく》をした。

伊之吉は、手代や小僧に気さくに声を掛けながら帳場に進んだ。

帳場には、初老の番頭の喜兵衛《きへえ》が帳簿を付けていた。

「やあ。喜兵衛さん……」

伊之吉は、帳場にあがった。

「これはこれは若旦那、お帰りなさいませ」

喜兵衛は伊之吉を迎え、帳場の框《かまち》に腰掛けた平八郎を怪訝に見た。

「あの、失礼ですが、どちらさまにございましょうか……」

「うむ。私は上野仁王門町の料理屋笹乃井の者だが、若旦那の伊之吉さんの溜った付けを払って貰いに参った」

平八郎は告げた。

「えっ……」

喜兵衛は、思わず伊之吉を見た。

「うん。笹乃井の今迄の付けと昨夜の勘定を払っておくれ」

伊之吉は、事も無げに告げた。

「は、はい。じゃあ……」

喜兵衛は、平八郎を見詰めた。

「左様。付き馬だ」

平八郎は微笑《ほほえ》んだ。

「そうでございましたか。それはそれは御苦労《ごくろう》さまにございます。して、付けは如何《いか》ほどにございますか……」

「うん。これが付けで、これが昨夜の勘定だ」

平八郎は、十両上乗せした四十両二分の付けの証文と、二両一分の勘定書を差し出した。

番頭の喜兵衛は、証文と勘定書を見ながら算盤《そろばん》を入れた。

「〆て四十二両と三分にございますか……」

喜兵衛は驚き、眼を剝《む》いた。

「如何にも……」

「わ、若旦那……」

「間違いありませんよ。喜兵衛さん、払ってあげて下さい」

伊之吉は頷いた。

「も、申し訳ございませぬ。少々、お待ち下さい」

番頭の喜兵衛は、証文と勘定書を手にして慌てて奥に入って行った。

「若旦那……」

平八郎は眉をひそめた。

「親父の徳右衛門《とくえもん》と一番番頭の彦蔵《ひこぞう》に報せに行ったんですよ」

「旦那と一番番頭か……」

「ええ。今の喜兵衛は店を取り仕切っている二番番頭で、他に三番と四番番頭がいます」

伊之吉は、店で客の相手をしている奉公人たちを眺めた。

「流石は松丸屋だ。繁盛《はんじよう》しているな」

「ですが、店売りより、お大名や旗本の御屋敷に伺《うかが》う商いの方が儲《もう》けはあるんですよ」

伊之吉は、商家の若旦那らしい顔を僅《わず》かに見せた。

「そうか。して、大丈夫なのか……」

平八郎は、喜兵衛の入って行った奥を気にした。

「大丈夫ですよ」

伊之吉は笑った。

「お待たせ致しました」

喜兵衛が、袱紗《ふくさ》を掛けた盆を持って奥から戻って来た。

「持って来てくれましたか、喜兵衛さん……」

「はい。若旦那、旦那さまが直ぐに来なさいとの事にございます」

「分かった。じゃあ、平八郎の旦那……」

伊之吉は、平八郎に片眼を瞑《つむ》って見せた。

「うん……」

「お世話様でした」

伊之吉は、奥に入って行った。

「では、四十二両三分にございます」

喜兵衛は、平八郎に差し出した盆の上の袱紗を取った。

盆の上には四十二枚の小判と三枚の一分金があった。

「ならば、笹乃井の受け取りです」

平八郎は金額を確かめ、笹乃井の受け取りを喜兵衛に差し出した。

「確かに……」

喜兵衛は、受け取りを一読して頷いた。

「では……」

平八郎は、四十二両三分の金を持参した風呂敷《ふろしき》に包み、懐の奥深くに仕舞った。

「造作を掛けたな。御免《ごめん》……」

平八郎は、懐の小判の重さを確かめながら呉服商『松丸屋』を後にした。

無事に終わった……。

平八郎は、呉服商『松丸屋』から足早に離れた。

そこには、付けを水増しした後ろめたさがあった。

「平八郎の旦那……」

伊之吉が、式部小路の角から出て来た。

「おう。若旦那……」

平八郎は、伊之吉が式部小路側にある呉服商『松丸屋』の裏口から逃げ出して来たのに気が付いた。

「さあ、早く……」

伊之吉は、平八郎の先に立って日本橋に急いだ。

平八郎は続いた。


平八郎と伊之吉は、日本橋の袂《たもと》にある茶店の奥の小部屋に入り、茶店娘に茶を頼んだ。

平八郎は、懐から金を出して料理屋『笹乃井』に渡す三十二両三分と水増し分の十両を分けた。そして、三十二両三分を風呂敷に固く包み直して懐に入れ、水増し分の十両を懐紙《かいし》に包んだ。

「じゃあ、笹乃井に行って受け取った付けを届け、それから本郷の大工大吉の処に廻って新吉とおさとに十両を渡し、一緒に金貸し善兵衛の家に行くとするか……」

平八郎は段取りを告げた。

「はい……」

伊之吉は、楽しそうに頷いた。

「お待たせしました」

平八郎と伊之吉は、茶店娘の運んで来た茶を飲んだ。

「処で、旦那の処に行かずに逃げ出し、大丈夫なのか……」

平八郎は心配した。

「ええ。大丈夫ですよ」

伊之吉は苦笑した。

「大丈夫なら良いが、旦那を怒らせて勘当《かんどう》でもされたら元も子もないぞ」

「その時はその時。ま、勘当されても仕方がありませんけどね」

伊之吉は云い放った。

「そうか、若旦那のお前を勘当したら松丸屋も跡取りがいなくなって困るか……」

「いえ。うちには弟がいましてね。手前を勘当しても跡取りの心配はありませんよ」

「弟がいるのか……」

平八郎は戸惑った。

「ええ。しっかり者のね」

伊之吉は笑った。

平八郎は、伊之吉の笑いに何処となく淋《さび》しげなものを感じた。


「御苦労さまでした……」

料理屋『笹乃井』の女将のおまさは、取り立てて来た付けの三十二両三分を確かめ、平八郎を労《ねぎら》った。

「三十二両三分、確かに渡しましたぞ」

平八郎は念を押した。

「はい。間違いなく……」

おまさは、笑みを浮かべて頷いた。

「じゃあ女将、今日はこれで仕事仕舞いにしては貰えぬかな」

「あら、何か御用でも……」

「うん。ちょいと野暮用《やぼよう》がな。頼む」

「ま、今日は大口の付き馬も無事に済ませたので、良いですよ」

「ありがたい……」

「じゃあ、これは今日のお給金です」

おまさは、紙に包んだ給金を平八郎に差し出した。

「そうか、忝《かたじけな》い……」

平八郎は、給金を受け取って今日の仕事を早仕舞いし、料理屋『笹乃井』を後にした。


不忍池の鯉《こい》は、与えられる飯粒を先を争って食べていた。

伊之吉は、不忍池の畔《ほとり》の岩に腰掛け、茶店で作って貰った握り飯を鯉と分け合っていた。

「おう。待たせたな。若旦那……」

平八郎は、伊之吉に声を掛けた。

「いいえ。じゃあ、行きますか……」

「うむ……」

平八郎は、不忍池の畔から湯島天神裏門坂道に向かった。

伊之吉は、手の指に付いた飯粒を池の水で洗って続いた。

数多くの鯉が、水飛沫《みずしぶき》をあげて洗われた飯粒に群がった。


本郷の大工『大吉』の家は、菊坂台町《きくざかだいまち》にあった。

平八郎は、菊坂台町の木戸番の老爺《ろうや》に大工『大吉』の家を尋ねた。

木戸番の老爺は、大工『大吉』の家が何処か知っており、行く迄の道筋を詳しく教えてくれた。

平八郎は、木戸番の老爺に礼を云って木戸番屋を出た。

「さあ、行くぞ……」

平八郎は、待っていた伊之吉を促した。

「大工大吉、この先を左に曲がって一丁程行った処だそうだ」

「はい……」

平八郎と伊之吉は急いだ。

大工『大吉』の裏庭は作業場になっており、若い大工たちが鉋《かんな》や鑿《のみ》を使っていた。

平八郎と伊之吉は、大工『大吉』の棟梁の吉五郎《きちごろう》に逢った。

「新吉ですかい……」

棟梁の吉五郎は眉をひそめた。

「ええ。朝逢った時、おさとと云う娘を連れて大工大吉の棟梁の処に行くと云ってな。ちょいと逢いたいのだが……」

平八郎は告げた。

「お侍《さむらい》さん、新吉は来ちゃあいませんぜ」

吉五郎は、微《かす》かな苛立《いらだ》ちを過らせた。

「来ていない……」

平八郎と伊之吉は、思わず顔を見合わせた。

「ええ。今日はみんなで材木を刻《きざ》む手筈《てはず》だったんですがね」

「それなのに来ちゃあいないのか……」

平八郎は眉をひそめた。

「ええ……」

吉五郎は頷いた。

「平八郎の旦那……」

伊之吉は、心配そうに平八郎を窺《うかが》った。

「うん。実は棟梁。今朝、下谷広小路で新吉が金貸しの取立屋たちに袋叩きにされていてな」

「新吉が……」

吉五郎は戸惑った。

「うん。それでこっちの若旦那と新吉を助け、訳を訊いてみると、おさとが父親の借金の形に身売りさせられそうになり、何とか止めようとしての事でな。これからどうすると訊くと、大工大吉の棟梁の処に行くとな。で、こうして来たのだが……」

「そうだったのですか……」

吉五郎は困惑《こんわく》した。

「ええ。だが、此処に来ていないとなると……」

平八郎は、不吉な予感を覚えた。

「まさか、あれから取立屋たちに捕まったんじゃあないでしょうね」

伊之吉は睨《にら》んだ。

「ああ。そのまさかかもしれない」

平八郎は、伊之吉の睨みに頷いた。

「じゃあ……」

「若旦那、元鳥越の金貸し善兵衛の家に行ってみよう」

「ええ……」

伊之吉は頷いた。

「それで棟梁。万一、新吉がおさとを連れて来たら、返す金の都合がついたので、此処《ここ》で待っているように伝えてくれないか」

平八郎は、棟梁の吉五郎に頼んだ。

「承知しました」

「それから序《つい》でに訊いておくが、新吉は何処に住んでいるんだ」

「入谷《いりや》の鬼子母神《きしもじん》裏の朝顔《あさがお》長屋です」

「そうか。じゃあ……」

平八郎と伊之吉は、本郷菊坂台町から浅草元鳥越町に急いだ。

金貸し善兵衛の店は、鳥越川に架かる甚内橋《じんないばし》の袂にあった。

「此処ですね。善兵衛の店……」

伊之吉は、黒板塀に囲まれた仕舞屋《しもたや》を見上げた。

「うん……」

平八郎は、黒板塀に囲まれた仕舞屋の横手にある暖簾《のれん》の掛かった格子戸を示した。

「あそこだな、店の出入口は……」

「ええ。金貸し善兵衛、いるんですかね」

「よし……」

平八郎は、暖簾を潜《くぐ》って格子戸を開けた。

格子戸の中には狭《せま》い土間があり、帳場に中年の番頭が座っていた。

「おいでなさいまし……」

中年の番頭は、平八郎と伊之吉を迎えた。

「邪魔をするぞ」

平八郎は、土間を進んで帳場の中年の番頭と向かい合った。

「お金が御入り用ですか……」

中年の番頭は、平八郎を値踏みするように見て作り笑いを浮かべた。

「う、うん……」

「入り用のお金は一分でしょうか、二分でしょうか……」

中年の番頭は、平八郎を随分《ずいぶん》と安く読んだ。

伊之吉は苦笑した。

人を見て呉《く》れで判断し、嘗《な》めやがって……。

平八郎は、中年の番頭の態度を見て善兵衛が因業《いんごう》な金貸しだと睨んだ。

「いや。金貸しの善兵衛だ。善兵衛はいるか」

平八郎は、腹立たしげに訊いた。

「えっ。旦那さまにございますか……」

「うむ。取り次いでくれ」

「あの、どのような御用でしょうか……」

「用は善兵衛に直《じか》に云う。早く取り次げ」

平八郎は苛立った。

「そうですか。旦那さまは、残念ながらお出掛けにございますよ」

「出掛けているだと……」

平八郎は眉をひそめた。

「ええ。旦那さまに用があるなら出直すんですね」

「善兵衛、何処に行ったのだ」

「さあ……」

中年の番頭は、平八郎への嘲《あざけ》りと侮《あなど》りを露《あらわ》にした。

「おのれ……」

「本当に出掛けていないのか、見て来ます」

伊之吉は、帳場にあがって奥に向かった。

「な、何ですか。ま、待って下さい」

中年の番頭は慌てた。

伊之吉は、構わず奥に進んだ。

「待て……」

中年の番頭は、伊之吉を追った。

平八郎は続いた。

伊之吉は、店から続く居間に進んだ。

居間には誰もいなかった。

伊之吉は、居間から座敷に向かった。

「待て、勝手な真似をするんじゃあねえ」

中年の番頭は、伊之吉に殴り掛かった。

伊之吉は、中年の番頭に殴られて座敷の襖《ふすま》に倒れ込んだ。

襖は音を立てて外れた。

座敷にも人はいなかった。

「野郎……」

中年の番頭は、倒れた伊之吉を蹴り飛ばそうとした。

平八郎は、中年の番頭の襟首を鷲掴みして足払いを掛けた。

中年の番頭は、足を撥《は》ね上げられて身体を宙に浮かして尻から落ちた。

派手な音がして仕舞屋が揺れた。

「よし。若旦那、これ迄だ。金貸しの善兵衛がいれば、とっくに出て来ている筈だ」

平八郎は、伊之吉に告げた。

その時、廊下の奥で板戸を蹴飛ばす音がした。

「若旦那、こいつを押さえていてくれ」

平八郎は、苦しく呻《うめ》いている中年の番頭を伊之吉に任せ、廊下の奥に進んだ。


廊下の奥には納戸があり、板戸が中から蹴飛ばされていた。

中に誰かいる……。

平八郎は、油断なく板戸を開けた。

薄暗い納戸の中には、縛《しば》られ猿轡《さるぐつわ》を咬《か》まされた新吉がいた。

「新吉……」

平八郎は、新吉の猿轡を外して縄を解いた。

「旦那……」

新吉は、傷だらけの顔に僅かな安堵《あんど》を過らせた。


平八郎は、新吉を助けて戻った。

「新吉さん……」

伊之吉は驚いた。

「善兵衛の奴、日が暮れたら新吉を簀巻《すまき》にして鳥越川に投げ込むと吐《ぬ》かし、納戸に閉じ込めたそうだ」

「外道……」

伊之吉は、押さえ付けていた中年の番頭を引《ひ》っ叩《ぱた》いた。

「大丈夫か……」

伊之吉は、新吉を心配した。

「へい、何とか……」

新吉は、傷だらけの顔で頷いた。

「番頭、善兵衛はおさとを何処に連れて行ったのだ」

平八郎は、顔を歪めて倒れている中年の番頭の胸倉を締め上げた。

「し、知らねえ」

中年の番頭は、嗄《しわが》れ声を震わせた。

次の瞬間、平八郎は中年の番頭の頰《ほお》に平手打ちを加えた。

「知らないとは云わせない……」

平八郎は、中年の番頭の両頰を続け様に平手打ちした。

中年の番頭は、口元から血を流して呻いた。

「正直に云わなければ、平手打ちだけでは済まぬぞ」

平八郎は、長火鉢の火箸《ひばし》を取って中年の番頭の喉元に突き付けた。

中年の番頭は、喉を引き攣らせて恐怖に震えた。

「お前の息の根を止めるなど、造作もない事だ……」

平八郎は楽しそうに笑い、中年の番頭の喉元に突き付けた火箸に力を込めた。

火箸の先は、中年の番頭の喉に食い込んだ。

中年の番頭は、震えながら仰《の》け反《ぞ》った。

「さあ、善兵衛はおさとを何処に連れて行ったのか云うのだな」

平八郎は、中年の番頭を冷たく見据えた。

「深川です、深川の六間堀町《ろっけんぼりちょう》に行きました」

中年の番頭は、嗄れ声を激しく震わせた。

「深川の六間堀町の何処だ」

平八郎は、再び火箸に力を込めた。

「六間堀町の船宿 鶯 屋《うぐいすや》……」

中年の番頭は吐いた。

「船宿鷺屋だと……」

「はい。善兵衛旦那が妾《めかけ》にやらせている船宿と云うか、曖昧《あいまい》宿です」

「嘘偽りはないな」

中年の番頭は、苦しげに頷いた。

「よし……」

平八郎は、中年の番頭の喉に食い込んでいた火箸を引いた。

三

元鳥越町から深川に行くには、蔵前の通りに出て両国広小路に出る。そして、大川に架かっている両国橋を渡り、本所から深川に行くのが道筋だ。

平八郎は手紙を書き、元鳥越町の木戸番に駒形町の老舗《しにせ》鰻屋《うなぎや》『駒形鰻』に使いを頼んだ。

木戸番は、平八郎から渡された手紙と小粒を握り締めて駒形町に走った。

「じゃあ、行くぞ……」

平八郎は、伊之吉や痛め付けられた右脚を引き摺る新吉と深川に急いだ。

大川には様々な船が行き交っていた。

平八郎は、伊之吉と右脚を引き摺る新吉をつれて大川に架かっている両国橋を渡り、本所竪川沿いを一つ目之橋に進んだ。そして、竪川を渡って深川に入り、六間堀に向かった。

深川六間堀は、本所竪川と深川小名木川《おなぎがわ》を南北に結んでいる堀割だ。その六間堀の西側に六間堀町はあった。

平八郎は、伊之吉や新吉と六間堀に架かっている北の橋の袂から船宿『鷲屋』を眺めた。

船宿『鷲屋』は、余り繁盛している気配もなく暖簾を揺らしていた。

「おさと、あそこにいるんですね」

新吉は、船宿『鷲屋』を睨み付けた。

「落ち着け新吉。先《ま》ずは俺と若旦那が客として行き、おさとが無事かどうかと、善兵衛がいるか調べてくる。お前は此処で待っていろ」

『鷲屋』は船宿の看板を掲げているが、実態は曖昧宿だ。

曖昧屋とは、表向きは料理屋などに見せ掛けているが、売春婦を置いている店だ。

金貸し善兵衛は、裏で妾に曖昧宿を営《いとな》ませている狡猾《こうかつ》な男だ。素直におさとを出すとは、とても思えない。

平八郎は、己の読みを新吉に告げた。

「はい。宜しくお願いします」

新吉は、必死な面持ちで平八郎と伊之吉に深々と頭を下げた。

「ああ、心配するな。任せろ」

伊之吉は頷いた。

「いいか、若旦那。お前さんは鶯屋が曖昧宿だとの噂《うわさ》をきいて来た女好きの若旦那で、俺は取り巻きのお供だ。出来るな」

「お安い御用で。芝居をする必要もない役所《やくどころ》ですよ」

伊之吉は笑った。

「むしろ役不足か……」

平八郎は、苦笑しながら北の橋を渡り、船宿『鶯屋』に向かった。

伊之吉は続いた。

新吉は、不安げに見送った。

「御免なさい。お邪魔しますよ」

伊之吉は、暖簾を潜って土間に入った。

平八郎は続いた。

「いらっしゃいませ」

番頭が帳場から出て来た。

「やあ、番頭さん……」

伊之吉は笑い掛けた。

「若旦那さま、生憎《あいにく》ですが船は出払っておりまして、暫《しばら》くは戻らないのですが……」

番頭は、素性を確かめるかのような眼で伊之吉と平八郎を見詰めた。

伊之吉は本物の若旦那であり、平八郎の素浪人振りは生まれてからの筋金入りだ。

平八郎は苦笑した。

「番頭さん、私は船で酔うより酒と女で酔う方が好きでしてね……」

伊之吉は、番頭に親しげに笑い掛けた。

「若旦那さま……」

番頭は、思わず笑い返した。

「噂を聞きましてね」

伊之吉は、好色そうな笑みを浮かべた。

「それはそれは、それで不躾《ぶしつけ》にはございますが、若旦那さまは……」

「私ですか。私は日本橋は松丸屋って呉服屋の伊之吉って者ですよ」

伊之吉は、馴《な》れた様子で告げた。

「松丸屋の若旦那さまにございますか……」

「ええ。お金ならこの通り、ありますよ」

伊之吉は、懐から懐紙に包んだ十両の小判を出して見せた。

「これはこれは、畏《おそ》れいります」

番頭は、その眼に狡猾さを浮かべた。

「番頭、遊ばせてくれるのか……」

平八郎は、凄味《すごみ》を利《き》かせた。

「これは御無礼致しました。手前は鶯屋の番頭で音蔵《おとぞう》と申します。どうぞ、お上がり下さいませ」

番頭の音蔵は、伊之吉と平八郎を座敷に誘《いざな》った。

「日本橋の松丸屋の若旦那だと……」

肥《ふと》った初老の男は、猪口《ちょこ》の酒を飲み干して眉をひそめた。

日本橋の呉服商『松丸屋』と云えば、江戸でも名高い大店《おおだな》だ。

「ええ。伊之吉って云いましてね。見るからに遊び人の若旦那です」

「音蔵、松丸屋の若旦那に違いないんだな」

肥った初老の男は、年増女将の酌《しゃく》を受けながら尋ねた。

「はい。十両程の金も持っており、あっしは間違いないと……」

音蔵は頷いた。

「旦那、逢ってみちゃあ如何《いかが》ですか、本物でしたら結構な金蔓《かねづる》になりますよ」

年増女将は勧めた。

「そうだな、おまちの云う通りだな」

「ええ。何でしたら、おさとを宛《あて》がったら如何ですか……」

年増女将のおまちは笑った。

「よし。音蔵、俺が金貸し善兵衛ってのは内緒だぜ」

肥った初老の男は、金貸し善兵衛だった。


平八郎と伊之吉は酒を飲んだ。

「御免下さい」

音蔵が襖を開け、善兵衛とおまちを伴《ともな》って座敷に入って来た。

「若旦那さま。鶯屋の主《あるじ》の善兵衛と女将のおまちが御挨拶《ごあいさつ》に御伺い致しました」

音蔵は、善兵衛とおまちを引き合わせた。

「そいつは御丁寧に……」

伊之吉は、馴れた様子で鷹揚《おうよう》に頷いた。

「日本橋は松丸屋の若旦那さまにございますか、手前は鶯屋の主の善兵衛と申します」

「女将のおまちにございます」

善兵衛とおまちは、伊之吉に挨拶をした。

平八郎と伊之吉は、金貸し善兵衛を見定めた。

「善兵衛さんと女将のおまちさんですか、私は松丸屋伊之吉です。鶯屋は随分と楽しい処だと云う噂を聞きましてね。宜しくお願いしますよ」

伊之吉は、動じる事もなく微笑みを浮かべて鷹揚に笑った。

流石は本物の大店の若旦那だ……。

平八郎は、秘かに感心した。

秘かに感心したのは平八郎だけではなく、善兵衛とおまちもだった。

本物の若旦那……。

善兵衛とおまちは、伊之吉を本物の若旦那だと睨んだ。

「それはそれは、畏れいります」

善兵衛は笑った。

「それで善兵衛さん、女将、良い女《こ》はおりますか……」

伊之吉は、酒を飲みながら尋ねた。

「さあて……」

善兵衛は微笑んだ。

「若旦那さまは、どのような女《こ》が宜しいのですか……」

おまちは、伊之吉に酌をしながら探りを入れた。

「そうだねえ。床上手《とこじょうず》の玄人《くろうと》も良いが、偶《たま》には素人《しろうと》娘も良いかな。ねえ、旦那……」

伊之吉は、隣りで酒を飲んでいる平八郎に同意を求めた。

伊之吉は、何気なくおさとを連れて来させようとしていた。

「うん。ま、偶にはそれも面白いだろうな」

平八郎は、伊之吉の落ち着きと抜け目のなさに感心しながら話を合わせた。

「でしたら、丁度良い女《こ》がおりますよ。ねえ、親方……」

おまちは、善兵衛に笑い掛けた。

「ああ。あの娘かい……」

「ええ。如何ですか……」

「おや。良い娘がいるようですねえ」

伊之吉は、善兵衛とおまちの話に乗った。

「若旦那さま。丁度、今日来たばかりの娘がおりましてね」

「へえ、今日来たばかりの娘ですか……」

伊之吉は、嬉しげな笑みを浮かべた。

おさとの事だ……。

平八郎は気付いた。

「はい……」

善兵衛は笑った。

「気立ても器量も、そりゃあ良い娘ですよ」

おまちは誉《ほ》めた。

「そんな良い娘がいるのか……」

平八郎は、疑わしげに善兵衛を一瞥し、手酌で酒を飲んだ。

「はい。父親が借金を返せなくて、可哀想《かわいそう》に身売りをした娘なんですよ」

善兵衛は、娘を哀《あわ》れむように眉をひそめた。

下手《へた》な芝居をしやがって……。

平八郎は、腹の内で罵《ののし》った。

「それはそれは気の毒な。じゃあ、その娘を呼んで貰いましょうか……」

伊之吉は、平八郎を窺った。

「うむ。そいつが良いだろう」

平八郎は勧めた。

「じゃあ、親方、女将さん。お願いしますよ」

伊之吉は、嬉しげに笑った。

「はい。じゃあ、ちょいとお待ちを。番頭さん……」

「はい……」

女将のおまちは、番頭の音蔵を伴って座敷から出て行った。

「ささ、来る迄、どうぞ……」

善兵衛は、伊之吉と平八郎に酌をした。

「それで、お供の御浪人さまは如何致しましょう。素人のお内儀さんもおりますが……」

善兵衛は、平八郎に笑い掛けた。

「素人のお内儀……」

平八郎は眉をひそめた。

「はい。お金が入り用になっても担保《たんぽ》もなくて工面出来ず、困り果てているお内儀さんをお客さまに引き合わせているのでございます」

善兵衛は、善意の者を装《よそお》った。

綺麗事を吐かしやがって……。

善兵衛は、借金を返せない者の女房や娘に客を取らせているのだ。

「良いじゃありませんか、旦那……」

伊之吉は、平八郎をからかうように見た。

「う、うむ……」

平八郎は、伊之吉にからかわれる己に苦笑した。

「お待たせ致しました」

女将のおまちが、戻って来て襖を開けた。

「ささ、お待《ま》ち兼《か》ねですよ」

善兵衛は迎えた。

おまちと音蔵が、こざっぱりした着物を着た娘を連れて座敷に入って来た。

おさとだ……。

平八郎と伊之吉は、素早く目配せをした。

「如何でしょうか、若旦那……」

善兵衛は、身を固くして俯《うつむ》いているおさとを示した。

「はい。結構ですねえ」

伊之吉は、平八郎を窺った。

「うん……」

平八郎は立ち上がり、俯いているおさとの傍《そば》に行った。

善兵衛、おまち、音蔵は、怪訝な面持ちで平八郎を見守った。

「やあ、おさと……」

平八郎は、おさとに笑い掛けた。

おさとは、親しげな声に戸惑いを浮かべて平八郎を見上げた。

「あっ……」

おさとは、顔を輝かした。

次の瞬間、音蔵が慌てておさとを摑まえようとした。

平八郎は、おさとを摑まえようと伸ばした音蔵の腕を取って捻りあげた。

音蔵は、激痛に呻いて畳に這《は》い蹲《つくば》った。

「何しやがる……」

善兵衛は立ち上がった。

「静かにしろ」

平八郎は、音蔵を善兵衛に向かって突き飛ばした。

善兵衛と音蔵は、重なり合って座敷の隅に倒れ込んだ。

「よし。芝居は此迄だ」

平八郎は、おさとを後ろ手に庇って云い放った。

「えっ……」

善兵衛、おまち、音蔵は混乱した。

「金貸し善兵衛。おさとの父親の借りた十両、耳を揃えて返すぞ」

平八郎は告げた。

伊之吉が、懐紙に包んだ十両を出した。

「お、お前たちは……」

善兵衛、おまち、音蔵は狼狽《うろた》えた。

「善兵衛、借りた十両を返したからには、おさとが此処にいる謂《いわ》れはない。早々に借用証文を返して貰おうか……」

「ない。此処に借用証文なんぞない」

善兵衛は、必死に態勢を立て直そうとした。

「ならば、おさとのお父っつあんの借金十両、耳を揃えて返して貰ったとの返済証文を書いて貰おうか」

平八郎は迫った。

「じょ、冗談じゃあねえ。貸した金は十両かもしれねえが、利息の五両があるんだ」

善兵衛は凄《すご》んだ。

「利息の五両だと……」

平八郎は、善兵衛を見据えた。

「ああ……」

善兵衛は、声を震わせて頷いた。

「善兵衛、利息の五両は新吉の怪我の薬代で帳消しだ。文句はあるまい」

平八郎は笑った。

「薬代で帳消し……」

善兵衛は眉をひそめた。

「善兵衛、金貸しの裏で借金を返せない者の女房娘に身売りさせる阿漕《あこぎ》な所業、篤《とく》と見せて貰った。さっさと、証文を書いた方が身の為だ」

平八郎は、懐紙と矢立を出して善兵衛の前に置いた。

善兵衛は、怒りを滲《にじ》ませて平八郎を睨み付けた。

平八郎は、冷笑を浮かべて殺気を放った。

善兵衛は、背筋に冷たさを覚えた。そして、怯《おび》えたように矢立の筆を取った。

「お、親方……」

おまちと音蔵は、善兵衛を見守った。

善兵衛は、腹立たしげに証文を書き始めた。

平八郎は、厳しい面持ちで見守った。

伊之吉とおさとは、微かな安堵を滲ませた。

善兵衛は、おさとの父親に貸した金十両と利息の五両は確かに返して貰ったと書き、己の名を書いて爪印《つめいん》を押した。

平八郎は、証文を読んで検《あらた》めた。

「良いだろう。造作を掛けたな」

平八郎は、善兵衛を労った。

善兵衛は、悔しさを露《あらわ》にした。

平八郎は、証文をおさとに渡した。

おさとは、証文を一読して一筋の涙を零《こぼ》した。

「良かったな、おさとちゃん……」

伊之吉は喜んだ。

「はい……」

おさとは、嬉し涙を零し、証文を握る手を喜びに震わせた。

「若旦那、おさとを……」

平八郎は、伊之吉に目配せした。

「承知。さあ、おさとちゃん、新吉が待っている。帰るよ」

伊之吉は、おさとを促した。

「善兵衛、おまち、音蔵、動くなよ。下手に動けば……」

平八郎は、抜き打ちの一刀を放った。

刀は、善兵衛の頭上に閃光《せんこう》となって煌めいた。

善兵衛には、眼を瞑る暇もなかった。

平八郎は、刀を鞘に静かに納めた。

何があったのか……。

善兵衛、おまち、音蔵は戸惑った。

次の瞬間、善兵衛の頭から髷《まげ》が転げ落ちた。

善兵衛は悲鳴をあげ、おまちと音蔵は息を呑んだ。

「次は首が落ちる……」

平八郎は、不敵な笑みを浮かべた。

深川六間堀は緩やかに流れていた。

平八郎は、伊之吉とおさとを伴って『鶯屋』を出た。

「おさとちゃん……」

新吉が、六間堀に架かっている北の橋の袂から飛び出し、右脚を引き摺りながら駆け寄って来た。

「新吉さん……」

おさとは、喜びに顔を輝かせた。

新吉は、引き摺っていた右脚を縺《もつ》れさせて倒れた。

「新吉さん……」

おさとは、倒れた新吉に駆け寄った。

「良かった……」

伊之吉は、笑いながら鼻水をすすった。

平八郎は苦笑した。

四

平八郎と伊之吉は、新吉とおさとを入谷鬼子母神裏の朝顔長屋に送った。

「本当に何と御礼を申し上げて良いのか……」

新吉とおさとは、平八郎と伊之吉に礼を述べて何度も頭を下げた。

「なあに、此も何かの縁だ。礼には及ばん」

平八郎は告げた。

「若旦那さま。お返し戴いた十両は、私が生涯掛けて必ず返します」

「はい。ですが新吉さん、急いで無理をする事はありませんよ」

伊之吉は微笑んだ。

「ありがとうございます」

「じゃあな……」

平八郎は踵《きびす》を返した。

伊之吉は続いた。

新吉とおさとは、深々と頭を下げて平八郎と伊之吉を見送った。

夕暮時、下谷広小路を行き交う人は少なくなった。

「伊之吉、家に帰るか……」

平八郎は訊いた。

「ええ。まあ……」

伊之吉は頷いた。

「何だったら、俺が一緒に行って事の次第を説明しても良いぞ」

平八郎は心配した。

「それには及びませんよ」

伊之吉は笑った。

「そうか。ならば伊之吉、早く家に帰ってお父っつあんに詫びを入れ、暫くは大人しくしているんだな」

「はい……」

伊之吉は、神妙な面持ちで頷いた。

「それから俺に用があれば、明神下のお地蔵長屋に訪ねて来るがいい」

「明神下のお地蔵長屋ですか。何かの時は宜しくお願い致します」

伊之吉は、嬉しげな笑みを浮かべて平八郎に頭を下げた。

「うん……」

「じゃあ、平八郎の旦那……」

伊之吉は、平八郎に一礼して下谷広小路に向かった。

無事に済めば良いが……。

平八郎は、屈託のない足取りで立ち去って行く伊之吉を見送った。


日は暮れた。

神田明神門前の盛《さか》り場には明かりが灯され、酔客が行き交い始めていた。

平八郎は、片隅にある居酒屋『花や』の暖簾を潜った。

居酒屋『花や』は、既に馴染客で賑わっていた。

「邪魔するぞ」

平八郎は、忙しく働いている女将のおりんに声を掛けた。

「あら、いらっしゃい。お待ち兼ねですよ」

おりんは、店の奥を示した。

店の奥では、長次が酒を飲んでいた。

平八郎は、手紙を『駒形鰻』経由で長次に届けるよう、元鳥越町の木戸番に使いを頼んでいた。

長次は、手紙に書いてあった平八郎の頼みを調べて来ている筈だ。

「酒と肴《さかな》を頼む」

平八郎は、おりんに酒と肴を注文して長次の許《もと》に進んだ。

「お待たせしました、長次さん。急な頼み、申し訳ありませんでした」

平八郎は詫びた。

「いや、どうって事はありませんよ。いろいろ大変だったようですね」

長次は、平八郎に猪口を渡して酌をした。

「ありがとうございます」

平八郎は、嬉しげに猪口に満たされた酒を飲んだ。

「で、始末はついたのですか……」

「どうにか。長次さん、元鳥越町の金貸し善兵衛、深川六間堀町で素人女を使って曖昧宿をやっていますよ」

平八郎は、長次に酌をした。

「へえ、元鳥越町の金貸し善兵衛ですか……」

「はい」

「分かりました。親分から高村の旦那に報せて貰いますよ」

金貸し善兵衛の始末は、南町奉行所定町廻り同心高村源吾が決める。

「そいつが良いでしょうね」

平八郎は頷いた。

「おまちどおさま……」

おりんが、酒と肴を持って来た。

「おう……」

平八郎は、新しい徳利《とっくり》を手にして長次に酌をし、己の猪口に酒を満たした。

「して、如何でしたか……」

平八郎は尋ねた。

「そいつなんですがね、松丸屋、いろいろありそうですよ」

長次は、猪口を置いた。

平八郎は、長次に日本橋の呉服商『松丸屋』と、若旦那の伊之吉を調べてくれと頼んでいたのだ。

「いろいろですか……」

平八郎は眉をひそめた。

「ええ。平八郎さんが付き馬に付いた若旦那の伊之吉、かなりの遊び人の放蕩《ほうとう》息子。父親の徳右衛門旦那は、もう怒りを通り越して諦《あきら》めているとか、周りの人の話じゃあ、勘当も近いと専《もっぱ》らの噂でしたよ」

長次は告げた。

「勘当ですか……」

「ええ、伊之吉には五歳年下の弟がいましてね。松丸屋は、その弟が跡を継ぐんじゃあないかと……」

「そうですか……」

平八郎は、伊之吉がしっかり者の弟がいると云っていたのを思い出した。

それにしても、伊之吉は平八郎が見ても勘当されても仕方がない所業を繰り返している。

「平八郎さん、伊之吉は勘当されるかもしれないと分かっていて、どうして放蕩を続けているんでしょうかね」

長次は首を捻った。

「ええ。伊之吉は馬鹿じゃありませんし、それなりに賢《かしこ》く、気も利き、情に厚い正しい心根の持ち主なんですがねえ」

「でしたら、まるで勘当して貰いたがっているようにも見えますねえ」

長次は眉をひそめた。

「ええ……」

もう少し伊之吉を調べてみるか……。

平八郎は、伊之吉が気になって仕方がなかった。

「何でしたら、もう少し調べてみますか……」

長次は、小さな笑みを浮かべた。

「えっ、長次さん……」

平八郎は、腹の中を読まれて戸惑った。

「もう少し調べてみると、顔に書いてありますよ」

長次は、平八郎に酌をした。

「顔に……」

平八郎は、思わず己の頰を撫《な》で廻した。

「ええ……」

「そうですか、まだまだ修行が足りないな」

平八郎は苦笑し、猪口に満たされた酒を飲み干した。


日本橋通南二丁目の呉服商『松丸屋』は、相変わらず繁盛していた。

平八郎は、それとなく『松丸屋』の店内や式部小路に面した木戸を窺った。

店内では二番番頭の喜兵衛と手代たちが客の相手をしており、若旦那の伊之吉の姿は見えなかった。

伊之吉は、母屋《おもや》の奥にでも謹慎《きんしん》させられているのかもしれない。

もし、そうだとしたら伊之吉はいつまで大人しくしているだろうか……。

平八郎は読んだ。

おそらく脱《ぬ》け出してくる……。

平八郎は睨み、店と式部小路に面した木戸の見通せる処から見張った。

四半刻《しはんどき》が過ぎた。

「平八郎さん……」

長次がやって来た。

「やあ……」

「どうですか……」

長次は、『松丸屋』の店内を眺めた。

「伊之吉、謹慎でもさせられているのか、姿は見えません」

「そうですか……」

「ですが、きっと脱け出して来ますよ。それで、長次さんの方はどうでした」

「高村の旦那、金貸し善兵衛と妾のおまちをお縄《なわ》にするそうです」

「そいつは良い。あんな阿漕な金貸しを野放しにして置くと、これからも泣きをみる人は大勢出て来る筈です。早々にお縄にするのが一番ですよ」

「ええ。高村の旦那もそう仰っていました」

長次は笑った。

「やっぱり……」

「じゃあ平八郎さん、あっしは一回り聞き込んで来ますよ」

長次は、平八郎を残して聞き込みに走った。

平八郎は、呉服商『松丸屋』を見張り続けた。

呉服商『松丸屋』は客で賑わい続けた。

半刻が過ぎた。

長次が、小走りに戻って来た。

「平八郎さん……」

長次は、厳しさを滲ませていた。

「どうかしましたか……」

平八郎は戸惑った。

「自身番で聞いたのですが、若旦那の伊之吉、どうやら勘当されたようですよ」

長次は告げた。

「勘当された……」

平八郎は驚いた。

「ええ。今朝方、一番番頭の彦蔵さんが自身番を訪れ、旦那の徳右衛門さんが若旦那の伊之吉を勘当したが、暫くは届出をお上に出さず、預かってくれと頼んだそうですよ」

勘当とは、親子、主従、師弟の縁を切って追放する事であり、町奉行所に届出を出して人別帳《にんべつちょう》から削除した。

一番番頭の彦蔵は、伊之吉勘当の届出を町奉行所に提出せず、暫く自身番で預かってくれと頼んだ。

「じゃあ、伊之吉はもう松丸屋にはいないのですか……」

平八郎は戸惑った。

「きっと……」

長次は頷いた。

「そうですか……」

平八郎は、呉服商『松丸屋』を見詰めた。

「伊之吉、勘当されて何処に行ったんでしょうね」

「平八郎さん、一番番頭の彦蔵さんに訊けば何か分かるかもしれませんね」

長次は告げた。

「一番番頭の彦蔵さんですか……」

平八郎は眉をひそめた。

「ええ。彦蔵さんが伊之吉勘当の届出を町奉行所に暫く出さないでくれと頼んだのは、その間に旦那の怒りを鎮《しず》め、伊之吉の勘当を解こうとしているからじゃありませんかね」

長次は読んだ。

「成る程、長次さんの睨み通りかもしれません。松丸屋に伊之吉がいないのを見定めてから、一番番頭の彦蔵さんに当たってみます」

「それが良いでしょう」

長次は頷いた。

平八郎は、伊之吉が呉服商『松丸屋』にいるかいないか、先ずは見定める事にした。


若旦那の伊之吉は、呉服商『松丸屋』から既に出て行っていた。

平八郎と長次は見定めた。

一番番頭の彦蔵は、式部小路の東にある楓川《もみじがわ》沿いの仕舞屋を主の徳右衛門から買い与えられ、『松丸屋』に通っていた。

平八郎と長次は、彦蔵が仕事を終えて家に帰るのを待った。

酉《とり》の刻六つ半（午後七時）が過ぎた頃、白髪《しらが》頭の年寄りが『松丸屋』の木戸から出て来た。

一番番頭の彦蔵……。

平八郎と長次は、提灯《ちょうちん》を揺らして楓川に向かう彦蔵を追った。

楓川には月影が揺れていた。

彦蔵は、提灯を揺らして楓川沿いの道に出た。

「彦蔵さん……」

平八郎は、彦蔵を呼び止めた。

彦蔵は、怪訝な面持ちで立ち止まった。

平八郎は駆け寄った。

長次は続いた。

「な、何ですか……」

彦蔵は、怯えを滲ませた。

「私は矢吹平八郎。若旦那の伊之吉の知り合いで怪しい者ではない」

「矢吹平八郎さま……」

彦蔵は、平八郎を見詰めた。

「うん。伊之吉とは昵懇《じっこん》の仲だ」

「は、はい。阿漕な金貸しを懲《こ》らしめた平八郎の旦那……」

彦蔵は知っていた。

「伊之吉から聞いているのか……」

「はい。若旦那《あなた》さまが、そりゃあもう楽しそうにお話しして下さいました。そうですか、貴方さまが平八郎の旦那ですか……」

彦蔵は、平八郎に親しげな眼を向けた。

「うん。して彦蔵さん、伊之吉は勘当されたと聞いたが、本当なのか……」

「はい。左様《さよう》にございます……」

彦蔵は、哀《かな》しげに白髪眉を歪めた。

「そうか。彦蔵さん、私には伊之吉が勘当されたがっていたように思えたのだが……」

平八郎は、己の睨みを告げた。

「お気付きにございましたか……」

彦蔵は、平八郎を見詰めた。

「やはり、そうなのか……」

「はい。若旦那さまは、旦那さまのお怒りを買って勘当される為、放蕩を繰り返していたのでございます」

「何故《なにゆえ》、そのような真似を……」

平八郎は眉をひそめた。

「平八郎の旦那、松丸屋には若旦那さまが二人おりましてね」

彦蔵は、吐息混じりに語り始めた。

「伊之吉と五歳年下のしっかり者の弟か……」

「はい。若旦那さまはその弟さまに松丸屋の跡目を継がせる為に……」

彦蔵は、辛《つら》そうに老顔を歪めた。

「勘当されたのか……」

平八郎は読んだ。

「はい。若旦那さまの生みの母親は、若旦那さまが幼い時に病《やまい》で亡くなられ、今のお内儀さまは後添《のちぞ》いにございまして、弟さまの実母にございます」

「じゃあ、松丸屋のお内儀は、伊之吉の継母《ままはは》、弟とは腹違いなのか……」

平八郎は、新たな事実を知った。

「はい。お内儀さまは、生《な》さぬ仲の若旦那さまを我が子のように可愛がって育てられ、若旦那さまと弟さまも、実に仲の良い御兄弟です。それで若旦那さまは、お内儀さまの御恩に報《むく》いる為、松丸屋を弟さまに継がせようとしたのでございます。ですが、旦那さまがお許しになられる筈もなく……」

彦蔵は、老いた顔を哀しげに歪ませ、涙を滲ませた。

「それで伊之吉は、勘当される為に放蕩を繰り返したのか……」

「はい。若旦那さまは子供の頃から優しい方でしたから。何もかも若旦那さまのお優しさにございます」

彦蔵は、浮かぶ涙を拭《ぬぐ》った。

「そうか、そうだったのか……」

平八郎は、見ず知らずの新吉とおさとの為に、十両の金を工面して助けた伊之吉の優しさを思い浮かべた。

「はい。若旦那さまもお内儀さまも弟さまも、皆さまがお優しいから……」

「して彦蔵さん、伊之吉は松丸屋を出て何処に行ったのですか……」

「それが分からないのです」

彦蔵は、白髪頭を哀しげに横に振った。

「分からない……」

「はい。昨夜、旦那さまに勘当され、いつの間にか……」

「いなくなっていましたか……」

「はい……」

「行き先に心当たりは……」

「旦那さまに内緒で手代を走らせましたが、何処にも……」

「いないのですか……」

「はい……」

彦蔵は頷き、鼻水をすすった。

「そうですか……」

「平八郎さん……」

長次は、此迄だと目配せをした。

「はい。彦蔵さん、御造作をお掛けしました」

平八郎は、彦蔵に頭を下げた。

「平八郎の旦那、もし、若旦那さまを見掛けたら、老《お》い先短い彦蔵に顔を見せてやれとお伝え下さい」

「心得た」

平八郎は頷いた。

「では、御無礼致します」

彦蔵は、平八郎と長次に挨拶をして立ち去った。

平八郎は、楓川沿いの道を立ち去って行く彦蔵を見送った。

彦蔵の後ろ姿は小さく、心細げだった。

「平八郎さん、伊之吉を捜す気ですか……」

「えっ……」

「あっしは捜さない方が良いと思いますよ」

長次は、厳しい面持ちで告げた。

「長次さん……」

「心配ありません。平八郎さんの云っていた伊之吉なら、一人で立派にやっていけますよ」

長次は微笑んだ。

伊之吉なら一人で立派にやっていける……。

「そうですね……」

平八郎は、釣《つ》られるように微笑んで頷いた。

楓川の流れは月明かりに煌めき、櫓《ろ》の軋《きし》みが甲高く夜空に響いた。

十日が過ぎた。

平八郎は、上野仁王門町の料理屋『笹乃井』の付き馬の仕事を続けていた。

下谷広小路は賑わっていた。

平八郎は、神田須田町《すだちょう》の油屋の旦那の付き馬を終え、下谷広小路に戻って来た。

伊之吉……。

平八郎は、雑踏の中に伊之吉を見掛けた。だが、伊之吉は雑踏に紛《まぎ》れ、直ぐに見えなくなった。

平八郎は、伊之吉を捜した。

伊之吉は、荷物を担いだ行商人の形《なり》であり、屈託のない軽い足取りだった。

伊之吉なら一人で立派にやっていける……、
平八郎は、伊之吉を捜すのを思い止まり、下谷広小路の雑踏に佇んだ。

第四話　馴染《なじみ》客

一

神田明神門前町の盛《さか》り場にある居酒屋『花や』は、今夜も馴染客《なじみ》の笑い声が響いて賑《にぎ》わっていた。

浪人の矢吹平八郎は、襷掛《たすきが》けに前掛姿で湯気の漂《ただよ》う徳利《とっくり》を運び、空になった徳利を片付けていた。

「矢吹の旦那《だんな》、こっちに酒を頼むぜ」

馴染客の大工が叫んだ。

「おう。直《す》ぐ持って行く、待っていろ」

平八郎は、威勢《いせい》良く応じた。

「旦那、手前にもお願いしますよ」

やはり、馴染客のお店者《たなもの》が酒を注文した。

「心得た」

平八郎は、空の徳利を持って板場に入った。

板場では、亭主で板前の貞吉が料理を作り、娘で女将《おかみ》のおりんが出来た料理を忙しく運んでいた。

「大繁盛《だいはんじょう》だな……」

平八郎は、片付けて来た空の徳利を洗い始めた。

「平八郎さん、お客さんに待っていろや心得たはありませんよ」

おりんは、厳しい声音《こわね》で平八郎に注意した。

「そうだな、すまん」

「気を付けて下さいな。浅蜊飯《あさりめし》と徳利二本分の仕事はきっちりやって貰《もら》いますからね」

今日の日雇い仕事に溢《あぶ》れた平八郎は、浅蜊飯と徳利二本で居酒屋『花や』に雇って貰い、晩飯を辛《かろ》うじて確保した。

「心得た」

「もう、云《い》った傍《そば》から。承知しました、でしょ」

おりんは、苛立《いらだ》たしげに云い残して店に料理を運んで行った。

「機嫌が悪いな……」

平八郎は首を竦《すく》めた。

「ああ。昼間、買い物に行った時、言い寄られたようでな。それから御機嫌斜《ごきげんなな》めだ」

貞吉は苦笑した。

「へえ。おりんが言い寄られたのですか……」

平八郎は、洗った徳利に酒を注いで燗《かん》をつけ始めた。

「ああ。それも嫌いな野郎にな……」

「昼日中、嫌いな野郎に言い寄られるとは、そいつはついていませんね」

平八郎は、燗のついた徳利を拭《ぬぐ》って盆に載せ始めた。

「ああ。それで今日は厄日《やくび》だってな」

「厄日か。で、言い寄った嫌な野郎ってのは、何処《どこ》の誰なんですか……」

「そいつが練塀小路《ねりべいこうじ》の白崎英之進《しらさきえいのしん》って奴だ」

「白崎英之進って、馴染の御家人《ごけにん》の……」

平八郎は、居酒屋『花や』の馴染客の一人である御家人白崎英之進を知っていた。

「ああ……」

貞吉は、料理の手を止めなかった。

白崎英之進は小普請組《こぶしん》であり、いつも薄笑いを浮かべている着流しの御家人だった。

「へえ。おりん、あの白崎英之進に言い寄られたのか……」

平八郎は苦笑した。

「ああ……」

「気の毒に、そいつは確かに厄日ですね」

平八郎は、燗のついた酒を盆に載せて店に出た。


店は賑わっていた。

「おう。お待たせしたな……」

平八郎は、酒を注文した大工やお店者に徳利を運んだ。

「邪魔《じゃま》をするぞ」

御家人の白崎英之進が、着流し姿で暖簾《のれん》を潜《くぐ》って入って来た。

「いらっしゃいませ」

おりんは、入って来た白崎を見て強張《こわば》った笑みを浮かべた。

「おう。いらっしゃい。一人かな」

平八郎は、おりんを制して威勢良く白崎に近付いた。

「う、うむ……」

白崎は、戸惑《とまど》いながらも頷《うなず》いた。

「じゃあ、こちらにどうぞ……」

平八郎は、店の隅に案内した。

「して、酒と肴《さかな》は何にします」

「うむ……」

「今日は鱸《すずき》の塩焼と大根の煮物が美味《うま》そうだ」

平八郎は笑い掛けた。

「ならば、それを貰おうか……」

「心得、おっと、承知しました。じゃあ、ちょいとお待ち下さい」

平八郎は云い直し、板場に戻った。


「親父《おやじ》さん、鱸の塩焼と大根の煮物です」

平八郎は、貞吉に注文を通した。

「おう……」

貞吉は、料理を作り続けた。

平八郎は、徳利の燗の具合をみた。

「ありがとう」

おりんは、平八郎に短く囁《ささや》いて料理を店に運んで行った。

平八郎は苦笑し、燗のついた酒を盆に載せて店に出た。


「やあ。お待たせ致した。ま、お一つどうぞ……」

平八郎は、白崎に湯気を漂わせる徳利を差し出した。

「手酌《てじゃく》でやる。構うな……」

白崎は、平八郎を一瞥《いちべつ》もせずに告げた。

「そうか。ならば、ごゆっくり……」

平八郎は苦笑し、板場に向かった。

「平八郎の旦那、熱いのを一本、頼みますぜ」

馴染客の職人が注文した。

「おう、只今《ただいま》、直ぐに……」

平八郎は、威勢良く返事をして酒を飲んでいる白崎を窺《うかが》った。

白崎は、手酌で酒を飲みながら忙しく働いているおりんを眼で追っていた。

おりんに惚《ほ》れている……。

平八郎は、思わず苦笑を洩《も》らした。

居酒屋『花や』の賑わいは続いた。

朝陽《あさひ》は障子《しょうじ》を明るく照らしていた。

平八郎は、薄汚れた煎餅布団《せんべいぶとん》の中で眼を覚ました。

昨夜、居酒屋『花や』は、町木戸の閉まる亥《い》の刻《こく》四つ（午後十時）に店を閉めた。

平八郎は、給金代わりに残った料理を肴に徳利二本の酒を飲んだ。そして、お地蔵長屋に帰り、煎餅布団を被《かぶ》って寝た。

酒を余り飲まなかった翌朝は、爽《さわ》やかではあるが何故《なぜ》か物足らなさを感じた。

昨日は日雇い仕事も何もなかった日だったが、今日はどんな日になるのか……。

平八郎は、煎餅布団の中で両手両足を伸ばした。

腰高障子が叩《たた》かれた。

「おう。開いているぞ」

平八郎は、起き上がりながら叫んだ。

「御免《ごめん》なすって……」

長次が、腰高障子を開けて入って来た。

「あれ、長次さん……」

平八郎は戸惑った。

「おはようございます。朝早くから申し訳ありません」

「いいえ。で、どうしました」

平八郎は、煎餅布団を二つ折りにして壁際に押した。

「和泉橋《いずみばし》の袂《たもと》で、お店の旦那らしい男が斬《き》り殺されていましてね」

和泉橋は神田川に架《か》かっており、柳原通りと下谷御徒町《おかちまち》の通りを繋《つな》いでいた。

「辻《つじ》斬りですか……」

「そいつは未《ま》だですが、かなり斬られていましてね。相手が一人か二人か、ちょいと見極めては貰えませんかね」

「いいですよ」

平八郎は引き受けた。

「じゃあ、急いで顔を洗って来ます」

平八郎は、手拭《てぬぐい》と房楊枝《ふさようじ》を持って井戸端に出て行った。

神田川に架かっている和泉橋の北詰の袂には、岡っ引の駒形の伊佐吉と町役人たちが集まっていた。

「仏さんだ……」

伊佐吉は筵《むしろ》を捲《まく》った。

筵の下には、羽織《はおり》を着たお店の旦那らしき初老の男の血に塗《まみ》れた死体があった。

「酷《ひど》いな……」

平八郎は眉《まゆ》をひそめた。

「ああ。滅多《めった》斬りって奴だ……」

伊佐吉は頷いた。

平八郎は、血に塗れた初老の旦那風の男の死体に手を合わせ、その身体《からだ》の刀傷を検《あらた》め始めた。

初老の旦那風の男の死体には、数多くの刀傷が残されていた。だが、刀傷の殆《ほとん》どは浅く、首筋を斬った一太刀《ひとたち》が致命傷になったと思われた。

「どうだ……」

伊佐吉は、身を乗り出した。

「相手は一人だな」

平八郎は読んだ。

「一人……」

伊佐吉は戸惑った。

「ああ……」

「この刀傷の多さでか……」

伊佐吉は、初老の旦那風の男の死体を見詰めた。

「うん。斬ったのは一人だ。刀傷が多いのは剣の腕が酷いからで、刀を振り廻して与えた傷だ。致命傷は首筋への一太刀。それも狙《ねら》ったものではなく、偶々《たまたま》の一太刀だろうな」

「偶々の一太刀……」

伊佐吉は眉をひそめた。

「ああ。無腰の町方の者一人を相手にこの所業だ。満足な剣の修行もしていない奴だろう」

平八郎は、腹立たしげに読んだ。

「そんな野郎か……」

「間違いあるまい、して、金は奪《うば》われているのか……」

「いや。二両二分程《ほど》の金の入った財布は無事だ……」

「ならば辻斬りか……」

「殺したい程の恨《うら》みを買っていなければな」

「そうか……」

辻斬りは辻斬りでも、只の辻斬りではないのかもしれない……。

平八郎は、凶行に潜《ひそ》む辻斬りの遣《や》り場《ば》のない怒りと苛立ちを感じた。

もし、感じた通りならば、己《おのれ》の怒りと苛立ちの鬱憤《うっぷん》晴《ば》らしの斬殺であり、許せる所業ではない。

平八郎は、辻斬りに怒り、被害者を哀《あわ》れんだ。

口入屋《くちいれ》『萬屋』の日雇い仕事は、開店と同時に次々に決まっていった。

平八郎が和泉橋から駆け付けた時、日雇い仕事の周旋《しゅうせん》は終わっていた。

「来るのが遅いんですよ。昨夜も飲み過ぎたんですか……」

口入屋『萬屋』の万吉は、狸面《たぬきづら》に微《かす》かな侮《あなど》りと蔑《さげす》みを過《よぎ》らせた。

平八郎は、思わずむっとしながらも抑《おさ》えた。

「いや。飲み過ぎちゃあいないんだが、今朝、和泉橋の袂で仏さんが見付かってな」

「仏……」

万吉は戸惑った。

「うん。昨夜、辻斬りが現れた」

「へえ。辻斬りですか……」

「ああ。それで、お店の旦那らしい男が滅多斬りにされた」

「滅多斬り……」

万吉は眉をひそめた。

「ああ。そりゃあ酷いものでな。そう云えば仏さん、年格好や顔が旦那に良く似ているな」

平八郎は、万吉の狸面をまじまじと見詰めた。

「えっ……」

万吉は困惑した。

「ま、年格好や顔が似ているだけで襲《おそ》われる事もあるまいが、相手は残忍な辻斬りだ。旦那もせいぜい気を付けるのだな」

平八郎は、心配げに告げた。

「そ、そんな……」

万吉は怯《おび》えた。

此《これ》でよし……。

微かな侮りと蔑みへの、ささやかな仕返しは終わった。

「じゃあな……」

平八郎は、怯えを浮かべた万吉を秘かに笑い、軽い足取りで『萬屋』から出て行った。

神田川には様々な船が行《ゆ》き交《か》っていた。

平八郎は昌平橋に佇《たたず》み、吐息混じりに神田川の流れを眺《なが》めた。

神田川の流れは眩《まぶ》しく煌《きら》めいた。

口入屋『萬屋』を出た時の軽い足取りは、直ぐに重いものに変わった。そして、その重い足取りで、平八郎は昌平橋にやって来たのだ。

不意に腹が鳴った。

平八郎は、自分が朝から何も食べていないのに気付いた。

腹が減ったが、金はない……。

平八郎の腹は鳴り続けた。

さあて、どうする……。

居酒屋『花や』を頼るのは良いが、毎日のように行くのは気が引ける。

さあて、どうする……。

駒形の伊佐吉の辻斬り探索を手伝い、飯を食わして貰うのも良い。だが、探索を始めた伊佐吉を捜すのも容易ではない。

さあて、どうする……。

平八郎の思案は巡《めぐ》った。

誰かが見ている……。

平八郎は、背中に何者かの視線を感じて振り返った。

御家人の白崎英之進が、昌平橋の袂に佇んで平八郎を見て薄笑いを浮かべていた。

「やあ……」

平八郎は、小さな笑みを浮かべた。

「何をしているのだ」

白崎は、平八郎に近付いた。

「いや。何もする事もなくてな……」

平八郎は苦笑した。

「ならば、少々付き合わぬか……」

「付き合う……」

「うむ。その辺の蕎麦《そば》屋で、どうだ……」

白崎は誘った。

「蕎麦屋か、良いだろう」

平八郎は、白崎の誘いに乗った。

白崎は薄笑いを浮かべ、湯島横町の蕎麦屋に向かった。

平八郎は続いた。

何故《なにゆえ》、白崎英之進が平八郎を誘ったのかは分からない。

ひょっとしたら、居酒屋『花や』のおりんに拘《かか》わる事なのかもしれない。

いや、おりんの事に間違いないのだ……。

平八郎は読んだ。


白崎英之進は、蕎麦屋の老亭主に徳利を二本と盛り蕎麦を頼んだ。

「好きな蕎麦を頼んでくれ」

「ならば、私は大盛りを貰おう」

平八郎は、蕎麦屋の老亭主に大盛り蕎麦を注文した。

「畏《かしこ》まりました」

老亭主は、板場に入って行った。

「して、私に何か用か……」

平八郎は、白崎を見詰めた。

「ま、急《せ》くな……」

白崎は、薄笑いを浮かべた。

「お待たせしました」

老亭主が、二本の徳利を持って来た。

「うむ……」

白崎は、徳利の一本を平八郎に差し出した。

「好きにやってくれ」

「心得た」

平八郎と白崎は、それぞれ己の猪口《ちょこ》に酒を満たした。

「じゃあ……」

「戴《いただ》く……」

平八郎は、猪口の酒を飲んだ。

白崎は、酒の満ちた猪口を口元に持って行ったまま平八郎を見守った。

平八郎は、手酌で酒を飲んだ。

「おぬし、神道無念流の遣《つか》い手《て》だそうだな」

白崎の用は、おりんに拘わることではないのか……。

平八郎は、微かな戸惑いを酒を飲んで隠した。

「それ程でもない……」

「そうか……」

「用とは神道無念流に拘わりがあるのか……」

「違う……」

「違う。じゃあ……」

「おぬし、おりんに気があるのか……」

白崎は、薄笑いを浮かべた。

やはり、おりんに拘わりがあった……。

「さあな……」

「云えぬか」

「おぬしには拘わりのない事だ」

平八郎は、苦笑しながら酒を飲んだ。

「そうかな……」

白崎は、薄笑いに酷薄さを滲《にじ》ませた。

「なに……」

平八郎は眉をひそめた。

「おりんは俺の女だ……」

白崎は云い放った。

「おぬしの女……」

平八郎は驚いた。

「ああ……」

白崎は、平八郎を見据えた。

平八郎は、白崎の腹の内を読もうとした。

だが、白崎の薄笑いの浮かんだ眼に光はなく、その奥底は見えなかった。

「おりんがおぬしの女だと……」

「左様《さよう》……」

「おりんもそう思っているのか……」

「うむ。昨日、俺の女になれと誘ったら、恥ずかしそうに俯《うつむ》いて頷き、駆け去った」

白崎は、嬉しそうに告げた。

「それで、おりんはおぬしに惚れていると云うのか……」

「うむ……」

白崎は頷いた。

「だが、それだけでは惚れているかどうか分からぬな……」

「昨夜、おりんは店に行った俺に近付かなかった。それは、下手《へた》に近付いておぬしや他の客に二人の仲を気付かれるのを恐れての事だ。おりんは俺に惚れ、おぬしたちに邪魔をされたくないと思っている証《あかし》だ」
白崎は、満足そうな笑みを浮かべた。
平八郎は、思わず感心した。
此程、己に都合良く物事を考えるとは……。
平八郎は、白崎英之進に呆《あき》れ、その危なさを知った。
おりんが嫌っていると云えば、どのような事になるのだ。
白崎は、おりんに何らかの危害を加える恐れがある。
今、おりんの本心を教えない方が良い……。
平八郎は、そう決めて手酌で酒を飲んだ。
酒は冷たくなっていた。

二

平八郎は、酒を飲んで大盛り蕎麦を食べた。
白崎英之進は、薄笑いを浮かべて平八郎を見守った。
平八郎は、大盛り蕎麦を食べ終えた。

「どうやら、俺の話が分かったようだな」

「ああ。良く分かった」

平八郎は頷いた。

「ならば今後一切、俺の女のおりんに近付くな……」

白崎は、老亭主に勘定《かんじょう》を払って蕎麦屋を出て行った。

平八郎は、続いて蕎麦屋を出た。


白崎は、神田川沿いの道を柳橋《やなぎばし》の方に向かっていた。

平八郎は追った。

白崎は、平八郎の尾行を警戒する様子もなく筋違御門前を抜けて下谷御成街道に進んだ。そして、下野国壬生藩《しもつけのくにみぶはん》江戸上屋敷の手前を東に曲がった。

その先には、御徒町の組屋敷街がある。

家に帰るのか……。

平八郎は尾行《つけ》た。

下谷練塀小路には組屋敷が連なり、物売りの声が長閑《のどか》に響いていた。

白崎英之進は、連なる組屋敷の中の一軒の木戸門を潜った。

白崎の屋敷……。

平八郎は見届けた。

組屋敷に廻された板塀の木戸門は閉まったまま、開く気配はなかった。

平八郎は見定め、掃除《そうじ》を始めた斜向《はすむ》かいの組屋敷の下男に駆け寄った。


「白崎さまですか……」

斜向かいの組屋敷の下男は、顔を顰《しか》めて白崎の組屋敷を一瞥した。

下男は、白崎を快《こころよ》く思っていない……。

平八郎は睨んだ。

「ええ。どんな人かな」

「どんなって、御両親がお亡くなりになってから、奉公人も出て行って独り暮らしでしてね。近所との付き合いもない方ですよ」

「独り暮らしか……」

「ええ。訪ねて来る人も滅多におりませんでしてね。昼間の殆どは屋敷に閉じ籠《こ》もり、日が暮れてから出掛けていますよ」

下男は、眉をひそめて告げた。

「昼間は殆ど出掛けない……」

平八郎は、白崎が昨日今日と昼間出掛けたのが滅多にない事だと知った。

それだけ、おりんに対しての思い入れが強いのか……。

平八郎は読んだ。

「はい。で、時々、夜中に変な声を張り上げて……」

「変な声……」

「ええ。わあとかぎゃあとか、奇声と云うか悲鳴と云うか、とにかく変な声を張り上げましてね。噂じゃあ、その時、刀を振り廻しているとか……」

下男は、恐ろしげに声を潜《ひそ》めた。

「そいつは剣呑《けんのん》な奴だな」

平八郎は、白崎英之進の狂態《きようたい》を知った。

「ええ。うちの旦那さまは、一切拘わるなと仰《おつしや》っていますよ」

下男は怯えを過らせた。

「うん。そいつが利口と云うものだ」

平八郎は頷き、白崎の組屋敷を眺めた。

白崎の組屋敷は、繁《しげ》り放題の庭木に陽差しを遮《さえぎ》られて薄暗く、静けさに覆《おお》われていた。

「私が、恥ずかしそうに俯いて頷いたですって……」

おりんは、驚きと怒りに声を震わせた。

「うん。白崎英之進はそう云い、俺の女のおりんに手を出すなとな……」

平八郎は、開店の仕度《したく》に忙しい居酒屋『花や』を訪れ、おりんと貞吉に白崎英之進との話を教えた。

「冗談《じょうだん》じゃあないわよ。誰があんな奴の女なんかになるもんですか……」

おりんは息巻いた。

「おりん、白崎英之進が云っている事だ。お前が此処《ここ》で怒っても仕方がねえ」

貞吉は宥《なだ》めた。

「お父《と》っつあん……」

「ま、飲み屋の女将をやっていれば、言い寄られるのは覚悟の上だが……」

貞吉は眉をひそめた。

「それから白崎は……」

平八郎は、斜向かいの組屋敷の下男から聞いた白崎の様子を話した。

「変な声をあげて刀を振り廻すなんて……」

おりんは、恐ろしげに声を震わせた。

「ああ、その狂態が本当ならば、白崎英之進、普通じゃあないな」

平八郎は眉をひそめた。

「ええ。平八郎さん、どうしたら良いと思います」

貞吉は、平八郎に尋ねた。

「おりんが嫌いだと引導を渡して済む相手ならば良いが、白崎英之進は真っ当じゃあない。逆上して何をしてくるか……」

平八郎は、懸念《けねん》を抱いた。

「ええ。こうなりゃあ、暫《しばら》く店を休んで白崎が諦《あきら》めるのを待つしかないかな」

「冗談じゃあないわよ、お父っつあん。あんな奴の所為《せい》で店を閉めたら、他のお馴染さんに申し訳が立たないわよ」

おりんは、熱《いき》り立《た》った。

「そりゃあそうだが。じゃあ、おりん、此《こ》のまま店を開けて、白崎が出入りしても構わねえのか……」

貞吉は、娘のおりんの身を心配した。

「だから、平八郎さんに用心棒になって貰えば良いのよ」

おりんは云い放った。

「えっ、俺が用心棒……」

「ええ。白崎が来るのを覚悟で店を開け続けるには、それしかないでしょう」

おりんは、平八郎に怒ったように云い聞かせた。

「う、うん。まあ、それはそうだが……」

平八郎は戸惑った。

「どうだい、平八郎さん。此処はひとつ、おりんの云う通り、用心棒になっちゃあくれねえかい……」

貞吉は、平八郎に頼んだ。

「ええ。そいつは構いませんが……」

平八郎は、戸惑いを浮かべた。

「じゃあ決まり。お給金は一日百文。三度の御飯に徳利二本。危ない目に遭ったら別にお手当。それで良いわね」

「えっ……」

平八郎が口を挟《はさ》む暇《いとま》もなく、おりんはてきぱきと決めた。

「じゃあ、平八郎さんは今からうちの用心棒。夜は板場の休息場で寝て下さいな」

おりんは命じた。

「夜もか……」

「そりゃあそうですよ。相手が真っ当じゃあないなら夜が一番危ないんですからね。じゃあ、先《ま》ずは表の掃除をしながら、白崎が彷徨《うろつ》いていないか見て来て下さい」

おりんは、平八郎に箒《ほうき》を差し出した。

「心得た」

平八郎は頷き、箒を受け取った。

「ほんと、迷惑な馴染客ですよ」

おりんは、腹立たしげに云い残して板場に入って行った。

「あんな人使いの荒い女の何処が良いのか。すまないな、平八郎さん……」

貞吉は、平八郎に詫《わ》びた。

「心配無用だ、貞吉さん。おりんの人使いの荒いのには馴れている」

おりんの人使いの荒さの裏には、照れと優しさが秘められている。

平八郎は苦笑した。

神田明神門前町の盛り場は、照らす陽差しに前夜の疲れを滲ませていた。

平八郎は、刀を置いて箒を手にし、襷と前掛をして出て来た。そして、油断なく辺りを窺った。

連なる飲み屋が開店の仕度をしており、不審なものは感じられなかった。

平八郎は、居酒屋『花や』の表の掃除を始めた。

おそらく、白崎英之進は今夜も『花や』に来るだろう。

そして、平八郎が忠告に従わずにいるのを知り、どう出るのか……。

怒り狂って俺に斬り掛かって来れば良いが、鉾先《ほこさき》をおりんに向けられては堪《たま》らない。

その時は、容赦《ようしや》なく斬る……。

平八郎は決め、掃除を続けた。

「あれ、平八郎さんじゃありませんかい……」

長次が駆け寄って来た。

「やあ……」

平八郎は、掃除の手を止めて長次を迎えた。

「萬屋の日雇い仕事の周旋、間に合いませんでしたか……」

長次は、平八郎が日雇い仕事に溢れ、居酒屋『花や』の手伝いをして糊口《ここう》を凌《しの》ごうとしていると読んだ。

「ええ、まあ……」

平八郎は苦笑した。

「今朝、和泉橋に来て貰った所為《せい》ですかね」

長次は心配した。

「いえ。そんな事はありませんよ」

「でしたら良いですけど……」

長次は眉をひそめた。

「処《ところ》で辻斬り、どうなりました」

平八郎は話題を変えた。

「そいつが、仏さんの悲鳴や男の怒鳴《どな》り声を聞いたって人はいても、辻斬りが仏さんを斬る処を見た者はいませんでしてね。此の界隈《かいわい》で辻斬りを働きそうな奴を割り出して、昨夜、何処で何をしていたか、一人ずつ確かめているんですがね」

「らしい奴は浮かびませんか……」

「ええ。平八郎さん、もし花やで辻斬りの話をしている奴がいたら気にして下さい」

「心得ました。良かったら、今晩、花やに来て下さい」

「今晩から神田川に架かっている橋を、手分けして夜通し見張る事になりましてね。来られるかどうか……」

長次は苦笑した。

「そいつは大変ですね」

「ええ、まあ。じゃあ、御免なすって……」

長次は、平八郎に会釈《えしゃく》をして小走りに立ち去った。

「辻斬りか……」

平八郎は、不意に白崎英之進の顔を思い出した。

白崎は、夜な夜な奇声をあげて刀を振り廻す。それは、辻斬りの滅多斬りと似ているとも云える。だが、白崎に辻斬りをする程の度胸があれば、己の屋敷で奇声をあげて刀を振り廻す事もない筈《はず》だ。

だが、そうとも決め付けられない……。

平八郎は、白崎英之進が辻斬りかどうか迷う己に苦笑した。

「いつ迄《まで》、掃除をしてんのよ」

おりんが、店から顔を出した。

「う、うむ。もう終わる」

平八郎は、慌《あわ》てて掃除を続けた。


日が暮れた。

居酒屋『花や』は暖簾を掲《かか》げた。

仕事帰りの職人やお店者たち馴染客が、やって来始めた。

「おう。いらっしゃい。今夜は早いな」

「あれ、平八郎の旦那、今夜も手伝いですかい」

「うん。俺がいる方が客が入るそうでな。ま、看板浪人って奴だ」

「看板浪人って、旦那は酒の燗番浪人って奴でしょう」

「成る程、上手《うま》い事を云うな、虎吉《とらきち》……」

平八郎は、大工の虎吉と賑やかに冗談を飛ばして笑った。

「平八郎さん、お客さんを呼び棄《す》てにする居酒屋の奉公人はいませんよ」

おりんは、板場に戻った平八郎に注意した。

「そうか、そうだな。以後、気を付ける」

平八郎は、素直に頷いた。

馴染客は次々に訪れた。

平八郎は、馴染客に愛想《あいそ》を振《ふ》り撒《ま》いて忙しく働いた。


「貞吉さん、大根の煮物が一つと餡掛《あんか》け豆腐《どうふ》を二つです」

平八郎は、板場で料理を作っている貞吉に注文を通した。

「おう。白崎、未だ来ませんかい」

「ええ。今夜は来ないのかもしれませんよ」

平八郎は笑った。

「平八郎さん、白崎はそんな生易《なまやさ》しい奴じゃあないさ」

貞吉は眉をひそめた。

「そうですかね……」

「ああ。あの手の奴は、思い込みが激しい上に執念深くてね。何をしても自分は悪くなく、悪いのは自分にそうさせた奴だってね」

「知っているんですか、白崎のような奴……」

「昔、いましてね。他人《ひと》の女房に横恋慕《よこれんぼ》して旦那を殺《あや》め、悪いのは邪魔をした旦那で、自分は何も悪くないと吐《ぬ》かして、けろっとしていた野郎が……」

貞吉は、密《ひそ》やかな怒りを滲ませた。

「分かりました。店の方は俺が引き受けます。貞吉さんは裏口を気を付けて下さい」

平八郎は、板場の奥の裏口を示した。

「ああ……」

貞吉は、厳しい面持《おもも》ちで頷いた。

戌《いつ》の刻《こく》五つ（午後八時）が過ぎ、居酒屋『花や』は一段と賑わった。

平八郎は、おりんと共に忙しく客たちの相手をしていた。

白崎英之進は、未だ訪れてはいなかった。

おりんは、新たな客が訪れる度に身を硬くしていた。

「おりん、客を迎えるのは俺がやる。お前は奥の客の相手をしろ」

平八郎は、おりんを店の奥に行かせ、己は戸口近くに陣取って客を迎え、相手をした。

腰高障子が開き、派手な半纏《はんてん》を着た二人の博奕打《ばくちう》ちが入って来た。

「いらっしゃい……」

平八郎は迎えた。

「おう。酒をくれ」

二人の博奕打ちは、既《すで》に酔っ払っていた。

「退《ど》け……」

博奕打ちの一人が、仲間と酒を楽しんでいた馴染客を突き飛ばした。

徳利が倒れ、皿や小鉢が落ちて割れた。

おりんと客たちは驚き、『花や』の店内は静まり返った。

平八郎は、座ろうとしている博奕打ちの襟首《えりくび》を鷲摑《わしづか》みにして引《ひ》き摺《ず》った。

「な、何をしやがる。止《や》めろ……」

博奕打ちは、手足をばたつかせて抗《あらが》った。

平八郎は、構わず戸口に引き摺った。

「手前《てめえ》……」

もう一人の博奕打ちが、平八郎に殴《なぐ》り掛かった。

平八郎は、もう一人の博奕打ちの拳《こぶし》を躱《かわ》し、その腕を小脇に抱えて捻《ひね》りあげた。

もう一人の博奕打ちは、爪先《つまさき》立ちになって悲鳴をあげた。

平八郎は、戸口から二人の博奕打ちを表に放り出した。


二人の博奕打ちは、無様《ぶざま》に這《は》い蹲《つくば》った。

行き交っていた酔客が驚き、足を止めて怪訝《けげん》に見守った。

「お前たちに飲ませる酒はない。とっとと帰るんだな」

平八郎は、二人の博奕打ちに云い聞かせた。

「煩《うる》せえ……」

二人の博奕打ちは、匕首《あいくち》を抜いて平八郎に突き掛かった。

平八郎は、二人の博奕打ちの匕首を躱して殴り、蹴り飛ばした。

二人の博奕打ちは、地面に激しく叩き付けられて呻《うめ》いた。

「二度と来るな。もし来たら、次は酒が飲めなくなるぞ」

平八郎は、二人の博奕打ちを脅《おど》した。

「へ、へい……」

二人の博奕打ちは、酔いの醒《さ》めた顔で足を引き摺りながら逃げ去った。

見ていた酔客は、手を打って笑った。

「大丈夫……」

おりんが、心配げに出て来た。

「ああ。良く来る奴らか……」

「いいえ。初めてのお客ですよ」

「そうか……」

二人の博奕打ちは、白崎に頼まれて嫌がらせに来たのか、拘わりなく来た只の乱暴者なのか、平八郎には分からなかった。

「平八郎さん……」

おりんは、小さな声を震わせた。

「うん……」

平八郎は、おりんの視線の先を辿《たど》った。

そこには、白崎英之進が佇んでいた。

「白崎……」

平八郎は眉をひそめた。

白崎は、平八郎を睨《にら》み付けた。

その眼には憎悪《ぞうお》と殺気が窺えた。

話を付ける……。

平八郎は、白崎の許《もと》に向かった。

白崎は身を翻《ひるがえ》し、行き交う酔客を突き飛ばしながら足早に立ち去った。


亥の刻四つ（午後十時）、居酒屋『花や』は店を閉めた。

その後、白崎英之進が居酒屋『花や』に現れる事はなかった。

平八郎は、店の周囲を見廻り、不審のないのを見定めた。

「そうですか、妙な処はありませんか……」

貞吉は、安心したように頷き、平八郎に徳利の酒を勧めた。

「今の処はな。忝《かたじけな》い……」

平八郎は、猪口に満たされた酒を飲んだ。

「今夜はもう来ないでしょうね」

おりんは、怯えを過らせた。

「いや。あの時の眼付きは尋常ではない。油断はならぬ」

「じゃあ……」

貞吉は眉をひそめた。

「心配は要《い》りません。今夜は俺が夜通し不寝《ねず》の番をします」

「そんな……」

おりんは戸惑った。

「なあに夜が明ける迄だ。俺はそれから眠らせて貰うよ」

「でも……」

「おりん、此処は平八郎さんに任せるしかあるまい」

貞吉は、おりんに云い聞かせた。

「よし。じゃあ、後は引き受けた。早く眠るが良い……」

平八郎は、貞吉とおりんに告げて手酌で酒を飲んだ。

三

刻は何事もなく過ぎた。

おりんと貞吉が寝てから一刻が過ぎ、平八郎は板場の隅の二畳の休息場で不寝の番をしていた。

平八郎は、半刻毎に居酒屋『花や』の周囲を見廻った。

今の処、異常はない……。

平八郎は、渋茶《しぶちゃ》を飲んで眠気を覚まして不寝の番を続けた。

一刻の間には、酔っ払いの笑い声、夜廻りの打つ拍子木《ひょうしぎ》、犬の遠吠《とおぼ》えぐらいしか聞こえなかった。

幸運な事に風は吹いていなく、紛《まぎ》らわしい音は一切なかった。

平八郎は、休息場の板壁に寄り掛かり、静けさに耳を澄《す》ましていた。

裏口の外で微かな物音がした。

何だ……。

平八郎は、裏口の板戸を見詰めた。

微かに油の臭いが漂った。

まさか……。

平八郎は、刀を腰に差して裏口に忍び寄った。

油の臭いは強くなった。

平八郎は読んだ。

油を掛けて火を付けようとしている……。

平八郎は、裏口の板戸の掛金を音を立てずに外し、僅《わず》かに開けた。

油の臭いが鼻を突き、付木の火が板壁に掛けられた油に付けられた。

蒼白《あおじろ》い火が走った。

拙《まず》い……。

平八郎は、裏口の板戸を蹴り開けた。

火を付けていた男は、素早く身を翻して路地を逃げた。

「待て……」

平八郎は、追い掛けようとした。だが、板壁に付けられた火が蒼白く燃えていた。

平八郎は、筵で蒼白い火を叩き消し始めた。

「平八郎さん……」

貞吉とおりんが、異変に気付いて出て来た。

「付け火だ」

平八郎は、筵で火を消しながら叫んだ。

貞吉とおりんは、平八郎に倣《なら》って筵で火を叩き消し始めた。

火は消えた。

平八郎は、吐息を洩らした。

付け火をした男は、町方の者で頰被《ほおかむ》りをしていた。

「じゃあ、白崎じゃあないのは確かね」

おりんは読んだ。

「うん……」

平八郎は頷いた。

「だったら、白崎に頼まれた奴かな」

貞吉は読んだ。

「そうかもしれませんし、叩きのめした博奕打ちたちの意趣《いしゅ》返しかもしれません」

平八郎は眉をひそめた。

「そうですか……」

「ま、これで今夜はもう何もないだろう」

平八郎は笑った。

神田川の方に男の怒声があがり、呼子笛《よぶこぶえ》の音が鳴り響いた。

「何かあったのかしら……」

おりんは、恐ろしそうに身を縮めた。

辻斬り……。

平八郎は、和泉橋に現れた辻斬りを思い出した。

呼子笛の音は、鳴り響き続けた。

辻斬りが現れ、張り込んでいた同心の高村源吾、伊佐吉、長次、亀吉たちが追っているのかもしれない。

平八郎は読んだ。

呼子笛の音は遠ざかって行った。


夜が明けた。

白崎英之進は、昼前には現れない……。

平八郎は読み、寅《とら》の刻七つ（午前四時）に板場の休息場で眠った。そして、辰《たつ》の刻五つ半（午前九時）に起きた。

貞吉とおりんは既に起きており、朝飯の仕度をしていた。

平八郎は、居酒屋『花や』の周囲に異常がないのを見定め、井戸端で顔を洗った。

「裏の板壁が少し焦《こ》げているだけで、変わった事はありませんよ」

平八郎は告げた。

「そうですか……」

貞吉は、焼いた鯵《あじ》の干物を平八郎の前に置いた。

「おっ、美味そうですね」

「はい。御飯と味噌汁《みそしる》……」

おりんは、平八郎に御飯と味噌汁を出した。

「さあ、朝飯だ」

貞吉は、おりんと自分の前にも焼いた鯵の干物を出し、前夜の残りの煮染《にしめ》と香《こう》の物を並べた。

「さあ、食べて下さいな」

「うん。戴きます」

平八郎、貞吉、おりんは、朝飯を食べ始めた。

「平八郎さん、これから儂《わし》は買出しに行って、おりんは店の片付けや掃除をするのだが、それでいいかな」

貞吉は、平八郎に尋ねた。

「貞吉さんが買出しに行き、おりんが一人残って片付けに掃除ですか……」

「ああ……」

貞吉は頷いた。

「平八郎さん、お父っつあん、一人で大丈夫かしら……」

おりんは心配した。

「そうだな……」

平八郎は、貞吉の語った邪魔者を殺した男の話を思い出した。

白崎英之進は、父親の貞吉を邪魔者の一人として殺すかもしれない。

「危ないな……」

平八郎は眉をひそめた。

「じゃあ平八郎さん、お父っつあんと一緒に行って下さいな」

「おりん、それじゃあお前が一人になる」

貞吉は心配した。

「大丈夫よ。ちゃんと戸締まりして、店の中の片付けと掃除をしているから……」

「戸締まりぐらいで、大人しく退《ひ》き下がる白崎ではない。おりんが一人だと分かれば、只では済まぬ」

「じゃあ、どうしたら良いのよ」

おりんは苛立った。

「簡単な事だ。買出しには三人で行けば良い。店の片付けと掃除は、買出しから帰って来てからだ。御代りを頼む」

平八郎は、空になった茶碗をおりんに差し出した。

「えっ……」

おりんは、平八郎があっさり答えを出したのに戸惑った。

「飯の御代りだ」

平八郎は苦笑した。

「は、はい……」

おりんは、慌てて平八郎の茶碗を受け取った。

「そうか、何でも三人一緒にやれば良いか……」

貞吉は、感心したように頷いた。

「ええ……」

平八郎は、御代りをした飯を食べた。

貞吉の馴染の魚屋や八百屋は、神田鍋町《なべちょう》にあった。

平八郎は、おりんや貞吉と共に昌平橋を渡り、八ッ小路を抜けて日本橋の通りを神田鍋町に向かった。

おりんと貞吉は、緊張した面持ちで進んだ。

平八郎は、貞吉とおりんの背後に付き、油断なく辺りを窺いながら続いた。

貞吉は旬の魚や野菜を買い、おりんは塩や醬油《しょうゆ》などを買った。

平八郎は、おりんと貞吉が買い物をする間も辺りを警戒した。

白崎英之進の姿は、軒《のき》を連ねる店々の陰の何処にも見えなかった。

だが、いつ何が起こるか分からない……。

平八郎は警戒を怠《おこた》らず、おりんと貞吉を見守り続けた。

神田明神門前町の盛り場の店々は、開店の仕度に忙しかった。

長次は、居酒屋『花や』に向かっていた。

着流しの侍が、居酒屋『花や』の横の路地から出て来た。

花やに用があって来た人か……。

長次は進んだ。

着流しの侍は、長次を一瞥して擦《す》れ違った。

一瞥には、怒りと憎悪が含まれていた。

何だ……。

長次は、思わず擦れ違った着流しの侍を振り返った。

着流しの侍は、腹立たしげな足取りで去って行った。

長次は、不穏な気配を感じて居酒屋『花や』に急いだ。そして、『花や』の腰高障子を開けようとした。だが、腰高障子は、心張棒《しんばりぼう》が掛けられているのか、開かなかった。

誰もいないのか……。

長次は、『花や』の周囲に異変のないのを見定めながら、着流しの侍が出て来た路地を伝って裏手に廻った。

平八郎は、塩と味噌の包みを背負い、醤油の入った角樽《つのだる》を提げ、魚や野菜を持ったおりんや貞吉と帰って来た。

「待て……」

平八郎はおりんと貞吉を止め、居酒屋『花や』を見詰めた。

「平八郎さん……」

おりんと貞吉は眉をひそめた。

「誰かいる……」

平八郎は、居酒屋『花や』を見据えた。

「えっ……」

おりんと貞吉は、白崎英之進を思い出して身を硬くした。

平八郎は、塩と味噌、醤油などを置いて居酒屋『花や』に忍び寄り、腰高障子を検めた。

腰高障子には、心張棒が掛けられたままで開かなかった。

不審はない……。

平八郎は、裏に廻ろうとした。

「やあ、お出掛けでしたかい……」

長次が、横手の路地から出て来た。

「長次さん……」

平八郎は、思わず微笑《ほほえ》んだ。

「花やの裏と周りに妙な処はありませんぜ」

長次は笑った。

「着流しの侍……」

平八郎は眉をひそめた。

「ええ。あっしが来た時、路地から出て行きましてね。何だか剣呑な眼付きをしていましてね。それで、ちょいと気になって裏を検めていたんですよ」

長次は、おりんの淹《い》れてくれた茶を飲んだ。

「そうでしたか……」

「平八郎さん、白崎の奴だ……」

貞吉は眉をひそめた。

「ええ……」

白崎英之進は何しに来たのか……。

平八郎は、白崎に一段と危うさを感じた。

「良かった。三人で買出しに行って……」

おりんは、安堵《あんど》を過らせた。

「あの侍、どうかしたんですかい」

長次は眉をひそめた。

「うん。実は……」

平八郎は、白崎英之進がおりんに惚れて異常な執心を燃やしている事を教えた。

「あの侍、そんな野郎だったんですかい……」

長次は、厳しさを浮かべた。

「ええ。処で長次さん、辻斬り、昨夜も現れたのですか……」

「ええ。柳原通りに現れましてね。博奕打ちを二人、滅多斬りにしましたよ」

「博奕打ちが二人……」

平八郎は、昨夜叩き出した二人の博奕打ちを思い出した。

「ええ。賭場の帰りなのか、一人は妙に油臭い奴でしてね」

「油臭い奴……」

昨夜、『花や』に油を掛けて付け火をしようとした町方の男だ。

平八郎の勘《かん》が囁いた。

「手口、一昨日《おととい》と一緒ですか……」

「ええ、高村の旦那は同じ辻斬りの仕業《しわざ》に間違いないだろうと……」

「そうですか。して辻斬りの手掛り、何かあったのですか……」

「そいつが、昨夜の辻斬りは、柳原通りから昌平橋に逃げたのですが、船着場に猪牙舟《ちょきぶね》を繋いでいた船頭が見ていましてね」

「そいつは良かった。して……」

「辻斬りは着流しだったと……」

「着流し……」

平八郎は、着流し姿の白崎を思い浮かべた。

「ええ……」

「で……」

平八郎は、話の先を促した。

「何分にも、船着場から頭の上の昌平橋を走り抜けて行ったそうでしてね。着流しだった以外は何も分からないと……」

長次は悔《くや》しげに告げた。

「そうですか……」

「ま。それで辻斬りは、一昨日の和泉橋と昨夜の昌平橋の間で、神田川の北側に住んでいるんじゃあないかと……」

「となると、御徒町と練塀小路辺りですか……」

平八郎は読んだ。

「ええ。組屋敷の小旗本か御家人。その辺に絞《しぼ》って割り出しを急いでいます」

「長次さん、おりんに懸想《けそう》した白崎英之進も練塀小路の御家人ですよ」

「そう云えば、着流しでしたね……」

長次は、その眼を僅《わず》かに輝かせた。

「ええ。今の処、辻斬りだと云う証は何もありませんが、白崎は思い込みの激しい執念深い奴です。それだけに己の思うようにならなければ、苛立って何をしでかすか分からない危ない処があります」

平八郎は睨んだ。

「そんな奴なら、ちょいと探ってみた方が良いかもしれませんね」

「ええ。ですが、白崎は真っ当な奴じゃありません。充分に気を付けて下さい」

「分かりました。白崎英之進の組屋敷、練塀小路でしたね」

「はい……」

平八郎は頷いた。

「じゃあ……」

長次は、おりんと貞吉に挨拶《あいさつ》をして出て行った。

「平八郎さん、白崎、辻斬りなんですか……」

おりんは、恐ろしそうに身を震わせた。

「未だ、かもしれないいって話だ」

平八郎は笑った。

「辻斬りか。やりそうだな白崎なら……」

貞吉は呟《つぶや》き、板場に入って行った。

「さあ、おりん、掃除だ。掃除をするぞ」

平八郎は、襷と前掛をして箒を手に取った。

下谷練塀小路には、赤ん坊の激しい泣声が響いていた。

「煩《うるさ》い……」

白崎屋敷から男の怒声があがった。

長次と伊佐吉は、思わず顔を見合わせた。

「今の怒鳴り声、白崎英之進か……」

伊佐吉は、戸惑いを浮かべた。

「独り暮らしだそうですからね。きっと……」

長次は、白崎屋敷を眺めて苦笑した。

「それにしても、赤ん坊の泣声に怒鳴るとは、呆れた奴だな」

伊佐吉は眉をひそめた。

「ええ。平八郎さんの話じゃあ、真っ当な奴じゃあないそうです」

「だろうな……」

伊佐吉は苦笑した。

「じゃあ、あっしはちょいと見張ってみます」

「ああ。俺は高村の旦那に白崎英之進の事を報《しら》せるぜ」

「承知しました」

「じゃあ……」

伊佐吉は、長次を白崎英之進の見張りに残して立ち去った。

長次は、白崎屋敷を見張る場所を探した。


夕暮時が訪れた。

おりんと平八郎は、店の掃除を済ませて開店の仕度を終えた。

「さあて、いつ客が来ても良いぞ」

「ええ……」

「おりん、仕込みは終わったぜ」

板場から貞吉の声がした。

「はい。じゃあ平八郎さん、暖簾を出して下さいな」

「心得た」

平八郎は、暖簾を持って表に出た。


夕暮時の微風は、掛けられた暖簾を僅かに揺らした。

平八郎は、暖簾を掛け終えて辺りを窺った。

盛り場には客が訪れ始め、連なる店の中には既に開店している処もあった。

今夜、白崎英之進はやって来るのか……。

もし、叩きのめして追い返したら、白崎は辻斬りを働くのか……。

平八郎は、想いを巡らせた。

夕陽は、平八郎の影を長く伸ばして沈んだ。

四

居酒屋『花や』は、相変わらず馴染客で賑わった。

馴染客たちは、貞吉の旬の食材を使った安い料理と酒を目当てにして来ていた。

平八郎とおりんは、忙しく客の間を飛び廻っていた。

客は次々に訪れた。

おりんはその度に緊張し、平八郎は素性を窺った。しかし、訪れる客に、白崎英之進はいなかった。

平八郎は、客を送迎する度に表と裏を窺って警戒をした。

白崎が潜んでいる気配はなく、不審な事もなかった。

居酒屋『花や』の夜は、馴染客の楽しげな笑い声に満ちていった。

練塀小路の人通りは途絶えた。
長次は、白崎屋敷を見張り続けていた。
東叡山寛永寺の鐘《かね》が、辰の刻五つ（午後八時）を報せた。
白崎屋敷の木戸門が開き、白崎英之進が着流し姿で現れた。
白崎は、険《けわ》しい眼差《まなざ》しで闇を透《す》かして辺りを窺った。
長次は、物陰に隠れて息を潜めた。
昼間、居酒屋『花や』の路地から出て来た浪人……。
長次は、白崎英之進を見定めた。
白崎は、長次に気付かず練塀小路を神田川に向かった。
長次は、物陰を出て暗がり伝いに追った。
白崎は、神田明神門前町にある居酒屋『花や』に行くのか……。
長次は追った。

辰の刻五つが過ぎ、居酒屋『花や』の忙しさは治まり始めた。
平八郎、おりん、貞吉は一息ついた。

「白崎、今夜も来ないようね」

おりんは、安堵の笑みを浮かべた。

「いいや。夜は未だ未だこれからだ。油断は禁物だ」

居酒屋『花や』の店仕舞いは、町木戸の閉まる亥の刻四つ（午後十時）だ。それ迄、あと一刻程だ。

平八郎は、警戒を緩《ゆる》めなかった。

神田川が大川に流れ込む河口から昌平橋迄の間には、柳橋、浅草御門、新シ橋、和泉橋、筋違御門の五つの橋がある。

南町奉行所定町廻り同心の高村源吾は、臨時廻り同心たちに助っ人を頼み、駒形の伊佐吉を始めとした岡っ引たちと五つの橋に張り込み、辻斬りの現れるのを待っていた。しかし、五つの橋の数より路地の数は圧倒的に多い。

辻斬りは何処から現れるか……。

高村と伊佐吉たちは、緊張を強《し》いられた。

神田明神門前の盛り場の賑わいは、次第に落ち着き始めていた。

白崎英之進は、盛り場の入口にある飲み屋に入って酒を飲み始めた。
花やに行かないのか……。
長次は戸惑った。
白崎は、四半刻程《しはんどき》の間、酒を飲んで飲み屋を出た。
長次は眉をひそめた。
白崎は、盛り場の奥にある居酒屋『花や』に向かった。
酒を飲んだ白崎の眼は据わり、来た時より肩を怒らせていた。
酒は勢いを付ける為のものなのだ……。
長次は、飲み屋に立ち寄った意味を知った。
白崎は、怒らせた肩を揺らして盛り場を進んだ。
血走った険しい眼、怒らせた肩、着流しに落し差しの刀……。
白崎は、異様な気配を漂わせていた。
擦れ違う酔客は、軒下に身を寄せて恐ろしげに見送った。
何かをする気だ……。
長次は、緊張を滲ませて白崎を追った。

居酒屋『花や』は、僅かな馴染客だけになり静かな刻を迎えていた。

「平八郎さん、お腹が空いたでしょう。今の内に何か食べてくると良いわよ」

おりんの言葉に平八郎の腹が鳴った。

「そうか。じゃあ、何かあったらすぐに声を掛けるんだぞ」

平八郎は、おりんにそう告げて板場に入り、貞吉の作ってくれた茶漬けを食べ始めた。

茶漬けは美味かった。


おりんは、馴染客の大工や左官《さかん》と世間話をしていた。

腰高障子が開けられた。

「いらっしゃいませ」

おりんは、戸口を振り返った。

思い詰めた顔の白崎が現れ、おりんに一気に迫った。

「平八郎さん……」

おりんは、恐怖に声を震わせた。

白崎は、おりんの腕を鷲摑みにした。

「何をしやがる」

大工と左官が、慌てて止めようとした。

「黙れ」

白崎は、大工と左官を乱暴に突き飛ばしておりんを連れ出そうとした。

平八郎が、刀を手にして板場から飛び出して来た。

白崎は、おりんの首に背後から腕を廻した。

「寄るな。寄るとおりんを道連れにするぞ」

白崎は、血走った眼を瞠《みは》って甲高《かんだか》い声で叫んだ。

平八郎は、思わず怯《ひる》んだ。

既に尋常じゃあない……。

平八郎は見定めた。

「落ち着け白崎……」

平八郎は、白崎の隙《すき》を窺った。

「煩せえ……」

白崎は、おりんの首に背後から腕を廻したまま戸口に進んだ。

「白崎、おりんをどうするつもりだ」

平八郎は、白崎に話し掛けながらゆっくりと間合いを詰めた。

「おりんは俺の女だ。どうしようと俺の勝手だ……」

白崎は声を震わせた。

おりんは、血の気の引いた顔を苦しげに歪ませた。

「おりん……」

貞吉は、泣き出しそうな顔をして握り締めている包丁《ほうちょう》を震わせた。

馴染客たちは、呆然《ぼうぜん》と事態を見守った。

白崎は、おりんを連れて戸口から出ようとした。

次の瞬間、外に潜んでいた長次が十手で白崎に殴り掛かった。

白崎は、咄嗟《とっさ》におりんから腕を放し、己の頭を庇《かば》った。

平八郎は、おりんの腕を素早く摑んで白崎から引き離し、代わるように前に出た。

「おりん……」

貞吉が、おりんを抱いて庇った。

白崎は、殴り掛かる長次の十手から逃れるように外に出た。

平八郎は、追って外に飛び出した。

長次が十手を構え、白崎と対峙《たいじ》していた。

「助かりました。後は私がやります」

平八郎は長次に告げ、刀を腰に差しながら白崎の前に進み出た。

「邪魔するな。おりんは俺の女だ。邪魔するな……」

白崎は、悲鳴のように叫んで刀を抜いて構えた。

その顔は青ざめ、見開かれた眼は血走っていた。そして、正眼《せいがん》に構えた刀は、激しく震えていた。

「白崎、おりんはお前の女などではない。お前が一人でそう思い込んでいるだけだ」

平八郎は、静かに言い聞かせた。

「違う。おりんの親父とお前たちが邪魔をするからだ。お前たちが邪魔をするから、お前たちが悪いんだ」

白崎は、怒りに声を激しく震わせて平八郎に斬り掛かった。

平八郎は躱した。

「死ね……」

白崎は、平八郎に向かって激しく刀を振り廻した。

平八郎は、躱し続けた。

白崎に剣の修行をした様子はなく、その刀は斬ると云うより、叩き付けるようだった。

平八郎は、躱しながら思わず苦笑した。

滅茶苦茶《めちゃくちゃ》だ……。

「おのれ……」

白崎は、平八郎に猛然と刀で殴り掛かった。

平八郎は、抜き打ちの一刀を放った。

横薙《よこな》ぎに放たれた刀は、閃光となって白崎の振り廻す刀を弾《はじ》いた。

白崎は、弾かれた刀を握り締めて激しくよろめき、後退した。

「これ迄だ、白崎英之進……」

平八郎は、白崎に迫った。

次の瞬間、白崎は身を翻して逃げた。

決着をつける……。

「待て、白崎……」

平八郎は、白崎を追った。

長次は続いた。

恐ろしげに見守っていた酔客や店の者たちが、慌てて店の中に引っ込んだ。

白崎は乱心したように奇声をあげ、刀を振り廻して盛り場の出入口に走った。

平八郎と長次は追った。

「お父っつあん……」

おりんの震えは、未だ激しく続いていた。

「ああ……」

貞吉は、喉を引《ひ》き攣《つ》らせた。


白崎英之進は、刀を振り廻して神田明神門前町の盛り場を走り出た。

平八郎と長次は追った。

白崎は、青ざめた顔を醜《みにく》く歪め、眼を血走らせて奇声をあげた。

平八郎は、一気に追《お》い縋《すが》るかどうか迷った。

次の瞬間、白崎は足を縺《もつ》れさせて倒れ込んだ。

平八郎は立ち止まった。

「平八郎さん……」

長次は戸惑った。

「長次さん、白崎が辻斬りを働くかどうか見定めましょう」

平八郎は、倒れ込んでいる白崎を見据えながら長次に囁いた。

「承知……」

白崎英之進を泳がせ、腹立ち紛れの辻斬りを働くかどうか見定める。

長次は、平八郎の企《くわだ》てに頷いた。

白崎英之進は立ち上がり、刀を鞘に納めて呆然と佇んだ。

平八郎と長次は、物陰に潜んで見守った。

白崎は、怯えたように背後を窺った。

追って来る人影はなかった。

白崎はよろめきながら路地に入り、暗がりを進み始めた。

平八郎と長次は尾行た。

白崎は、路地の暗がりを御成街道に向かった。

白崎は、御成街道に出た。

御成街道に行き交う人影はなかった。

白崎は、御成街道を横切って神田仲町《なかちょう》から神田相生町《あいおいちょう》に向かった。

神田相生町の外れの三叉路《さんさろ》を北に進むと練塀小路になり、白崎の組屋敷がある。

此のまま練塀小路の屋敷に帰る……。

平八郎は眉をひそめた。

白崎英之進は辻斬りではないのか……。

平八郎に迷いが過った。

不意に殺気が湧いた。

平八郎は戸惑った。

刹那《せつな》、路地の暗がりから人影が現れ、刀を煌めかせて白崎に襲い掛かった。

「危ない」

平八郎は咄嗟に叫んだ。

白崎は、身を翻して逃げようとした。だが、背中を斬られ、血を飛ばして前のめりに倒れ込んだ。

平八郎は飛び出し、倒れた白崎を庇って立ちはだかった。

人影は、怯みながらも刀を振り廻した。
平八郎は躱した。
刀を振り廻す人影は、着流しの侍だった。
辻斬り……。
平八郎は見定めた。
長次は、呼子笛を吹き鳴らした。
呼子笛の音が、夜空に甲高く響き渡った。
辻斬りは逃げた。
平八郎は追った。
「おい、しっかりしろ」
長次は、倒れている白崎に駆け寄った。
白崎は、斬られた背中から血を流し、顔を激しく歪めて苦しそうに呻いた。

呼子笛は鳴り響いた。
辻斬りは、暗い路地伝いに逃げ、神田川の北岸の通りに出た。
平八郎は追った。

張り込んでいた同心と岡っ引たちが、御用提灯を翳《かざ》して周囲から駆け寄って来た。

辻斬りは、行く手を阻《はば》まれた。

平八郎は、背後から辻斬りに迫った。

辻斬りは囲まれた。

「平八郎さんかい……」

伊佐吉の声がした。

「うん。伊佐吉親分、こいつが辻斬りだ」

平八郎は告げた。

「よし。後は引き受けた」

南町奉行所定町廻り同心の高村源吾は、辻斬りの前に進み出て包囲の輪を縮めた。

次の瞬間、辻斬りは刀を振り廻し、横手にいた岡っ引たちに猛然と突っ込んだ。

岡っ引たちは、応戦しながら素早く退いた。

高村たち同心や伊佐吉たち岡っ引が、横手から辻斬りに殺到した。

辻斬りは、迫る高村たち同心や伊佐吉たち岡っ引に慌てて応戦した。
高村たち同心と伊佐吉たち岡っ引は、待っていたかのように素早く退いた。
辻斬りは、刀を振り廻して駆け廻った。
振り廻される刀は、虚しく煌めいた。
高村たち同心と伊佐吉たち岡っ引は、刀を振り廻す辻斬りを翻弄《ほんろう》した。
辻斬りは立ち止まり、肩で荒く息をついた。
潮時《しおどき》だ……。
平八郎は見守った。
「此迄だ。神妙にお縄を受けろ」
高村が進み出た。
「黙れ……」
辻斬りは、着流しの裾《すそ》を翻して高村に斬り掛かった。
高村は刀を躱し、辻斬りの刀を握る手を十手で鋭《するど》く打ち据えた。
辻斬りは、刀を落して立ち竦《すく》んだ。
伊佐吉たち岡っ引は、立ち竦んだ辻斬りに殺到した。
辻斬りは、押し倒されながらも獣《けもの》のような咆吼《ほうこう》をあげて抗った。

伊佐吉たち岡っ引は、辻斬りを容赦なく殴り蹴って縄を打った。

平八郎は見守った。

「平八郎さん……」

長次が駆け寄って来た。

「白崎、どうなりました」

「駄目《だめ》でしたよ」

長次は、眉をひそめて首を横に振った。

「じゃあ……」

「ええ……」

長次は頷いた。

「そうですか……」

平八郎は、御家人白崎英之進が死んだのを知った。

神田川沿いに現れた辻斬りは、高村や伊佐吉たちによって捕らえられた。

辻斬りは、御徒町に住む百俵取りの小普請組の御家人であり、境遇や暮らし振りは白崎英之進と良く似ていた。

御家人は、辻斬りが己の仕業だと認めた。そして、御家人が辻斬りで殺した二人の博奕打ちは、居酒屋『花や』に付け火をした者だった。博奕打ちが『花や』に付け火をしたのは、平八郎に叩き出されたのを恨んでの所業だと思われた。

平八郎は、己の勘が当たったのを知った。


おりんに懸想した御家人白崎英之進は、辻斬りの一刀を背に受けて絶命した。

「そうですか。白崎さん、辻斬りに斬られて死んだのですか……」

おりんは眉をひそめた。

「うん。私は白崎が辻斬りではないかと睨んでいたのだが……」

平八郎は苦笑した。

「違ったんですね」

「ああ。で、白崎が辻斬りを働くのを見定めようと泳がせたのだが、本物の辻斬りが不意に現れてな。止められなかった」

平八郎は悔《くや》んだ。

「仕方がありませんよ」

「うん。ま、此でおりんの用心棒仕事は終わりだな」

「ええ。お世話になりました。で、これが危ない目に遭ったお手当もいれたお給金……」

おりんは、紙に包んだ金を差し出した。

「忝い。戴く……」

平八郎は、給金を受け取った。

「それにしても白崎さん、どうしてあんな風になったんですかねえ」

おりんは、吐息を洩らした。

「うん。先祖代々の僅かな扶持米《ふちまい》にしがみつき、やる事もない毎日を虚しく過ごしていれば、乱心したり血迷ったり、おかしな奴も出て来るさ」

飼い殺しだ……。

平八郎は、白崎英之進が哀れに思えてならなかった。

居酒屋『花や』の馴染客は一人減った……。

一〇〇字書評

高楊枝

切り取り線

購買動機（新聞、雑誌名を記入するか、あるいは○をつけてください）

☐（　　　　　　　　　　　　　　　　）の広告を見て
☐（　　　　　　　　　　　　　　　　）の書評を見て
☐ 知人のすすめで　　☐ タイトルに惹かれて
☐ カバーが良かったから　　☐ 内容が面白そうだから
☐ 好きな作家だから　　☐ 好きな分野の本だから

・最近、最も感銘を受けた作品名をお書き下さい

・あなたのお好きな作家名をお書き下さい

・その他、ご要望がありましたらお書き下さい

住所	〒				
氏名		職業		年齢	
Eメール	※携帯には配信できません	新刊情報等のメール配信を 希望する・しない			

この本の感想を、編集部までお寄せいただけたらありがたく存じます。今後の企画の参考にさせていただきます。Eメールでも結構です。

いただいた「一〇〇字書評」は、新聞・雑誌等に紹介させていただくことがあります。その場合はお礼として特製図書カードを差し上げます。

前ページの原稿用紙に書評をお書きの上、切り取り、左記までお送り下さい。宛先の住所は不要です。

なお、ご記入いただいたお名前、ご住所等は、書評紹介の事前了解、謝礼のお届けのためだけに利用し、そのほかの目的のために利用することはありません。

〒一〇一‐八七〇一
祥伝社文庫編集長　坂口芳和
電話　〇三（三二六五）二〇八〇

祥伝社ホームページの「ブックレビュー」からも、書き込めます。
http://www.shodensha.co.jp/bookreview/

祥伝社文庫

高楊枝《たかようじ》 素浪人稼業《すろうにんかぎょう》

平成29年2月20日　初版第1刷発行

著　者　藤井邦夫《ふじいくにお》

発行者　辻　浩明

発行所　祥伝社《しょうでんしゃ》

東京都千代田区神田神保町3-3
〒101-8701
電話　03（3265）2081（販売部）
電話　03（3265）2080（編集部）
電話　03（3265）3622（業務部）
http://www.shodensha.co.jp/

印刷所　萩原印刷

製本所　ナショナル製本

カバーフォーマットデザイン　中原達治

Printed in Japan ©2017, Kunio Fujii　ISBN978-4-396-34289-0 C0193

祥伝社文庫の好評既刊

藤井邦夫

素浪人稼業

神道無念流《しんとうむねん》の日雇い萬《よろず》稼業・矢吹《やぶき》平八《へいはち》郎《ろう》。ある日お供を引き受けたご隠居が、浪人風の男に襲われたが……。

藤井邦夫

にせ契り

素浪人稼業②

人助けと萬稼業、その日暮らしの素浪人・矢吹平八郎が、神道無念流の剣をふるい、腹黒い奴らを一刀両断！

藤井邦夫

逃れ者

素浪人稼業③

長屋に暮らし、日雇い仕事で食いつなぐ、萬稼業の素浪人・矢吹平八郎。貧しさに負けず義を貫く！

藤井邦夫

蔵法師

素浪人稼業④

平八郎と娘との間に生まれる絆。それが無残にも破られたとき、復讐に燃えた平八郎が立つ！

藤井邦夫

命懸け

素浪人稼業⑤

届け物をするだけで一分の給金。金に釣られて引き受けた平八郎は襲撃を受け包囲されるが……!!

藤井邦夫

破れ傘

素浪人稼業⑥

頼まれた仕事は、母親と赤ん坊の家族になること？　だが、その母子の命を狙う何者かが現われ……。

祥伝社文庫の好評既刊

藤井邦夫　死に神　素浪人稼業⑦

死に神に取り憑《つ》かれた若旦那を守って欲しい!?　突拍子もない依頼に平八郎は……。心温まる人情時代！

藤井邦夫　銭十文　素浪人稼業⑧

強き剣、篤《あつ》き情、しかし文無し。されど幼き少女の健気な依頼、請けずにいらいでか！　平八郎の男気が映える！

藤井邦夫　迷い神　素浪人稼業⑨

悪だくみを聞いた女中を匿《かくま》い、知らぬ間に男を魅了する女を護《まも》る。どこか憎めぬお節介、平八郎の胸がすく人助け！

藤井邦夫　岡惚れ　素浪人稼業⑩

惚れっぽい若旦那が恋敵に襲われた？　きらりと光る、心意気。矢吹平八郎、萬稼業の人助け！

藤井邦夫　にわか芝居　素浪人稼業⑪

父が倒れた武家娘からの唐突な願い。家督を狙う叔父の魔の手を撥《は》ね除《の》けるため、平八郎が立ち向かう！

藤井邦夫　開帳師　素浪人稼業⑫

真光院御開帳の万揉め事始末役を任された平八郎。金の匂いを嗅ぎ付け集う悪党を前に、男気の剣が一閃する！

祥伝社文庫の好評既刊

藤井邦夫
隙間風《すきまかぜ》 素浪人稼業⑬
破落戸《ごろつき》から助けた老人は、盗人〝隙間風の弥平〟だった！ 平八郎に盗みを手伝って欲しいという弥平の思惑とは？

井川香四郎ほか
欣喜《きんき》の風
大切な人との巡り合い、生きることの喜びに花が咲く。濃厚な人間ドラマを描く短編集。

鳥羽 亮ほか
怒髪《どはつ》の雷《かみなり》
ときに己を奮い立たせ、ときに誰かを救う力となる——怒りの鉄槌が悪を衝《つ》く！

藤原緋沙子ほか
哀歌《あいか》の雨
いつの時代も繰り返される出会いと別れ。すれ違う江戸の男女を丁寧に描く、切なくも希望に満ちた作品集。

風野真知雄ほか
楽土《らくど》の虹
武士も、若旦那も、長屋の住人も……ままならぬ浮世を精一杯生きる人々を色鮮やかに活写！ 心温まる時代競作。

井川香四郎
取替屋《とりかえや》 新・神楽坂咲花堂①
お宝を贋物《にせもの》にすり替える盗人が跋扈《ばっこ》する中、江戸にあの男が舞い戻ってきた！ 綸太郎は心の真贋まで見抜けるのか!?

祥伝社文庫の好評既刊

井川香四郎　湖底の月　新・神楽坂咲花堂②

真の顔を映す鏡、月の浮かぶ硯……煩悩溢れる骨董に挑む、天下一の審美眼。綸太郎が人の心の闇を解き明かす！

辻堂　魁　風の市兵衛

さすらいの渡り用人、唐木市兵衛《からきいちべえ》。心中事件に隠されていた奸計《かんけい》とは？〝風の剣〟を振るう市兵衛に瞠目！

辻堂　魁　雷神　風の市兵衛②

豪商と名門大名の陰謀で、窮地に陥った内藤新宿の老舗。そこに現れたのは〝算盤侍〟の唐木市兵衛だった。

辻堂　魁　帰り船　風の市兵衛③

「深い読み心地をあたえてくれる絆のドラマ」と、小椰治宣《おなぎはるのぶ》氏絶賛の〝算盤侍〟の活躍譚！

辻堂　魁　月夜行《つきよこう》　風の市兵衛④

狙われた姫君を護れ！　潜伏先の等々力・満願寺に殺到する刺客たち。市兵衛は、風の剣を振るい敵を蹴散らす！

辻堂　魁　天空の鷹《たか》　風の市兵衛⑤

「まさに時代が求めたヒーロー」と、末《すえ》國善己《くによしみ》氏も絶賛！　息子を奪われた老侍とともに市兵衛が戦いを挑むのは!?

〈祥伝社文庫　今月の新刊〉

夏見正隆
TACネーム アリス 尖閣《せんかく》上空10vs1
機能停止に陥った日本政府。尖閣諸島の実効支配を狙う中国。拉致されたF15操縦者は…。

沢村　鐵《てつ》
ゲームマスター　国立署刑事課 晴山旭・悪夢の夏
目を覆うほどの惨劇、成す術なしの絶望――。殺戮を繰り返す、姿の見えない〝悪〟に晴山は。

内田康夫
終幕《フィナーレ》のない殺人
箱根の豪華晩餐会で連続殺人。そして誰かが殺される⁉ 浅見光彦、惨劇の館の謎に挑む。

南　英男
殺し屋刑事《デカ》　殺戮《さつりく》者
超巨額の身代金を掠め取れ！ 連続誘拐殺人犯に、強請屋と悪徳刑事が立ち向かう！

辻堂　魁
逃れ道　日暮し同心始末帖
評判の絵師とその妻を突然襲った悪夢とは？ 倅を助けてくれた二人を龍平は守れるか！

藤井邦夫
高楊枝《たかようじ》　素浪人稼業
世話になった小間物問屋の内儀はどこに？ 鍵を握る浪人者は殺気を放ち平八郎に迫る。

有馬美季子
さくら餅　縄のれん福寿
母を捜す少年の冷え切った心を、温かい料理が包み込む。料理が江戸を彩る人情時代。

黒崎裕一郎
公事宿始末人　破邪の剣
濡れ衣を着せ、賄賂をたかり、女囚を売る。奉行所にはびこる裏稼業を、唐十郎が斬る！

佐伯泰英
完本　密命　巻之二十　宣告　雪中行
愛情か、非情か――。若き剣術家に新たな才を見出した惣三郎が、清之助に立ちはだかる。